W0374936

Savia

ATLAS. Mi mundo, mi país, mi comunidad

ciencias sociales

EXTREMADURA

6 primaria

sm

33°
56°
29°
47°
42°
33°
45°
47°
49°
47°

índice

ATLAS. Mi mundo, mi país, mi comunidad Extremadura

Las escalas en Geografía

Todo documento cartográfico cuenta con una escala. La **escala** es la relación entre la distancia real en la que se encuentra un espacio geográfico y su representación en el mapa.

Hay varios **tipos de escalas**:

- **Escala numérica.** Se representa mediante el número 1 seguido de dos puntos o una barra y luego otra cantidad. Por ejemplo, 1:20.000 significa que 1 cm en el mapa corresponde a 20.000 cm en la realidad, es decir, 200 m.
- **Escala gráfica.** Consiste en un pequeño segmento en que se representa la equivalencia real de una longitud en kilómetros o en metros. Es decir, lo que mide el segmento siempre corresponde a una medida concreta en la realidad.

Cuanto más grande es una escala, más pequeño es el denominador de la fracción. Por ejemplo, un mapa a escala $\frac{1}{20.000}$ se dice que tiene una escala mayor que un mapa a escala $\frac{1}{100.000}$.

Este mapa de Europa representa los países del continente a una escala pequeña, por lo que muchos nombres apenas se leen.

Las distancias por carretera

Algunos mapas utilizan la escala numérica o la escala gráfica para representar las distancias entre dos puntos. Esto nos ayuda a la hora de calcular distancias entre dos localidades.

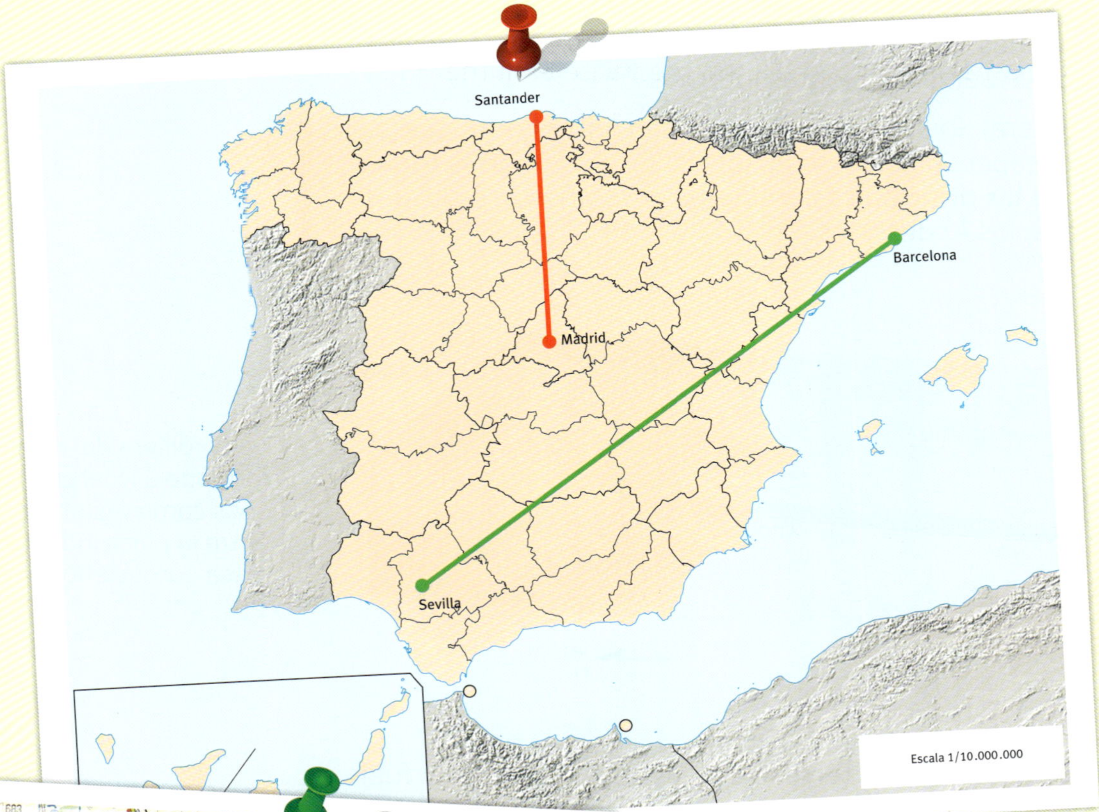

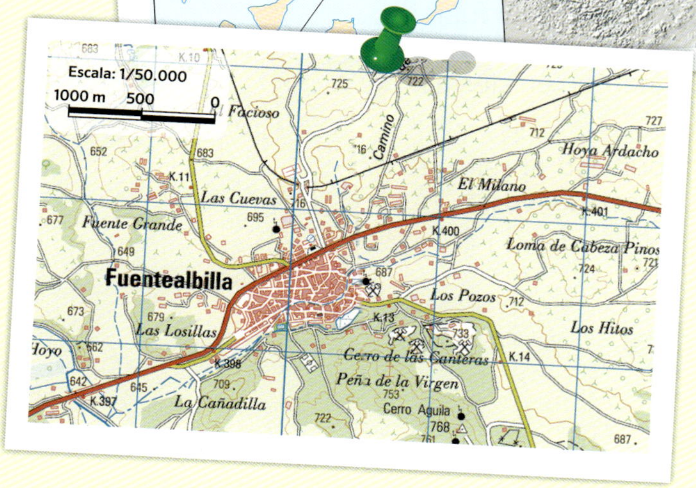

Actividades

1. ¿Qué es la escala en un mapa?

2. ¿En qué escala veremos con mayor detalle los elementos representados?
   a) 1:15.000 b) 1:1.000.000

3. En un mapa, mide con una regla 10 centímetros desde el lugar donde vives, en línea recta hasta el punto que quieras. Mira en internet a qué distancia está realmente ese punto. ¿Cuál es la escala? Represéntala gráfica o numéricamente.

El relieve terrestre

La **formación del relieve** de la superficie terrestre se debe a constantes **cambios**:

- Algunos cambios se producen rápidamente, como las **erupciones volcánicas** o los **terremotos**, que se originan debido a fuerzas o agentes internos.
- En general, los cambios suceden tan lentamente que pasan desapercibidos para nosotros. Es el caso de la **formación de las principales cordilleras** del planeta, como el Himalaya, los Andes o los Alpes.

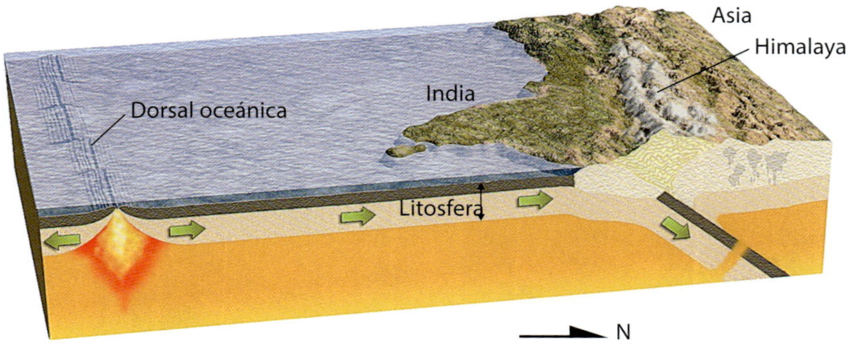

La cordillera del Himalaya se ha formado a lo largo de millones de años como resultado del choque entre la placa indoaustraliana y la placa euroasiática.

La **erosión del relieve terrestre** se debe a la acción de fuerzas que lo desgastan y erosionan, y que transportan los materiales erosionados y los depositan o sedimentan en ciertas zonas.

Las principales **fuerzas o agentes** que modifican el relieve desde el exterior son **el agua, el viento y los seres vivos**.

El oleaje erosiona la superficie terrestre formando acantilados, bahías, cabos, cuevas, arcos y estacas.

El ciclo de formación de las rocas

El denominado ciclo de las rocas incluye una serie de procesos geológicos por los que uno de los tres grandes grupos de rocas se forma a partir de los otros dos.

Este ciclo se inicia con el surgimiento de magma en el interior de la Tierra, donde las temperaturas y presiones son lo suficientemente altas como para fundir las rocas ya existentes.

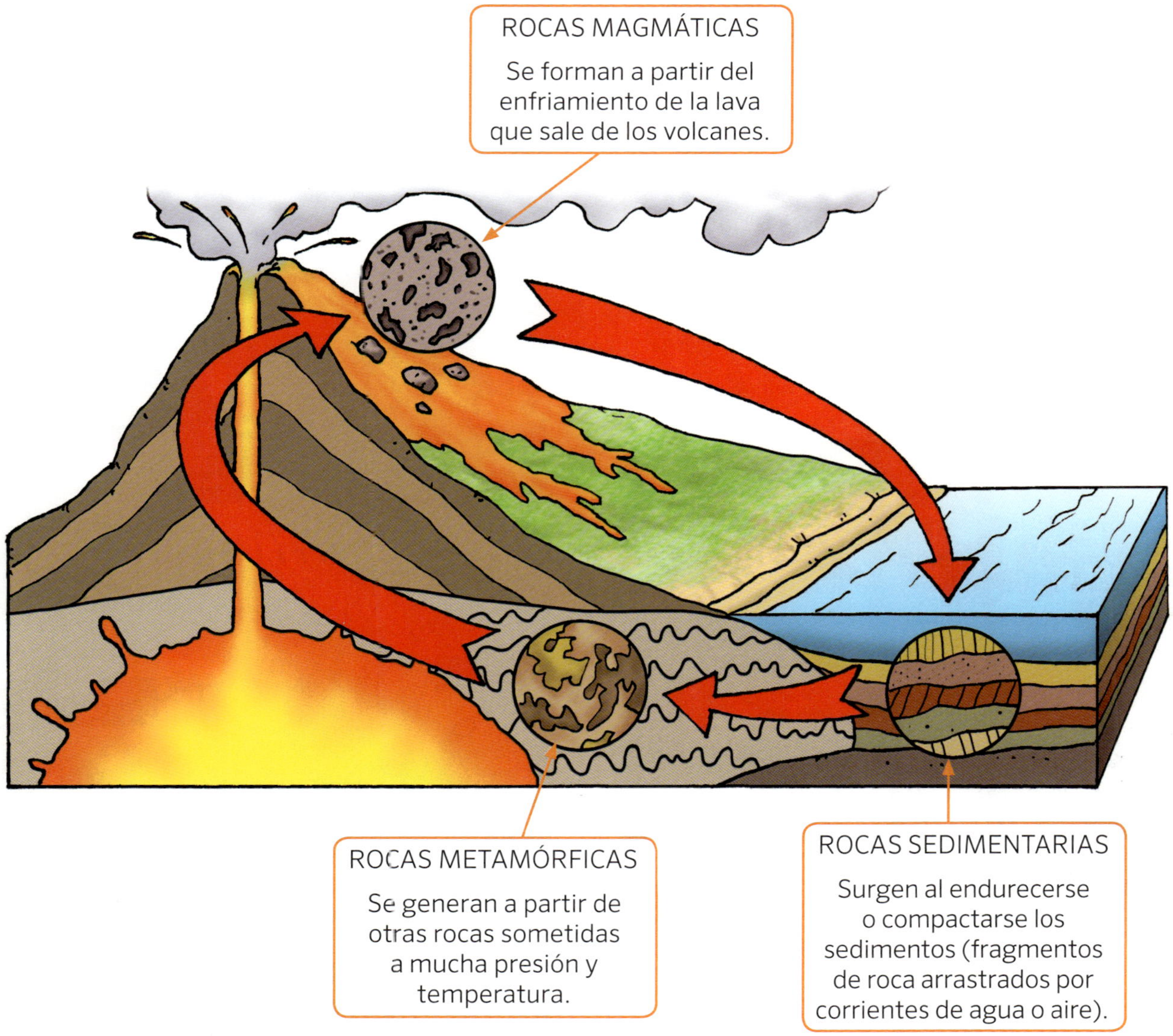

Actividades

1. Explica con tus palabras qué fenómeno se ha producido en la ilustración relativa a la formación del Himalaya.
2. ¿De qué manera intervienen los seres vivos en la modificación del relieve terrestre?
3. ¿Qué diferencia existe entre las rocas magmáticas y las rocas metamórficas?

El relieve de Europa

El relieve europeo es muy variado. Se distinguen **tres zonas**:

- En el **centro** y en el **norte**, se encuentran las montañas más antiguas, poco elevadas.
- En el **centro**, existe una gran llanura que se extiende desde las costas atlánticas francesas hasta los montes Urales.
- En el **sur**, las cordilleras jóvenes tienen las mayores altitudes. La montaña más alta es el Elbrus, en la cordillera del Cáucaso.

La **costa europea** tiene un relieve variado y recortado, con penínsulas, mares interiores, golfos e islas.

El monte Elbrus, en la cordillera del Cáucaso, se eleva a 5.642 metros de altitud.

Actividades

1. Observa el mapa e indica la altitud de los montes más altos de las cordilleras del Cáucaso, los Alpes y los Pirineos.
2. Busca en el mapa cinco penínsulas, cinco islas y cinco mares.
3. ¿Cuál es la zona más montañosa de Europa?

Cabo Norte
Mar de Barents
Kolgujev
Península de Kanin
Narodnaia (1.894 m)
Montes Urales
Islas Vesteralen
Islas Lofoten
Península de Kola
Laponia
Montes Escandinavos
Península Escandinava
Montes Timán
Río Pechora
Río Mezen
Mar Blanco
Llanura de Europa Oriental
Llanura de Suecia
Golfo de Botnia
Lago Vyg
Río Dvina Septentrional
Konzhakovskii Kamen (1.569 m)
Urales del Norte
Galdhopiggen (2.470 m)
Meseta Lacustre de Finlandia
Lago Onega
Lago Ladoga
Río Suhona
Lago Blanco
Kama
Islas Aland
Golfo de Finlandia
Colinas de Valdai
Meseta de Suecia Meridional
Fiordo de Oslo
Lago Peipus
Lago Ilmen
Golfo de Riga
Mar Báltico
Volga
Yamantau (1.640 m)
Oka
Río Ural
Colinas del Volga
Río Dvina Occidental
Golfo de Danzig
Río Niemen
Gran Llanura Europea
Río Weser
Elba
Oder
Vístula
Bug
Dniéper
Don
Depresión del Caspio
Golfo de Kosmolets
Montes Harz
Río Main
Montes Metálicos
Sudetes
Meseta Polaca
Donets
Cadena del Donets
Selva Negra
Gerlachovsky (2. 655 m)
Cárpatos
Río Bug Meridional
Dniéster
Prut
Llanura del mar Negro
Lago de Constanza
Danubio
Bernina (4.050 m)
Grossglockner (3.798 m)
Dufourspitze (4.634)
Tisza
Llanura Húngara
Meseta de Transilvania
Alpes de Transilvania
Mures
Drava
Sava
Río Po
Golfo de Venecia
Alpes Dináricos
Mar de Azov
Península de Crimea
Estrecho de Kerch
Kuban
Cáucaso
Elbrus (5.642 m)
Mar Caspio
Lago Sevan
Kura
Mar Negro
Mar Adriático
Balcanes
Gran Sasso (2.912 m)
Durmitor (2.522 m)
Jezerca (2.694 m)
Musala (2.925 m)
Botev (2.376 m)
Golfo de Sinop
Kackar Dagi (3.937 m)
Ararat (5.165 m)
Montes Pónticos
Estrecho de Bósforo
Mar de Mármara
Monte Nemrut (3.050 m)
Península Itálica
Apeninos
Vesubio (1.281 m)
Península Balcánica
Canal de Otranto
Golfo de Tarento
Montes Pindo
Mar Egeo
Río Sakarya
Río Kizil Irmak
Erciyas (3.916 m)
Nurhak (3.090 m)
Mar Tirreno
Península de Calabria
Estrecho de Messina
Sicilia
Cabo de San Vito
Etna (3.323 m)
Península de Anatolia
Río Menderes
Lago Beysehir
Parnasos (2.457 m)
Islas Espóradas
Islas Jónicas
Mar Jónico
Península del Peloponeso
Islas Cícladas
Rodas
Golfo de Antalya
Golfo de Iskenderun
Chipre
Creta
Mar Mediterráneo
N
O
E
S
Altitud en metros
4.000 m
3.000 m
2.000 m
1.000 m
500 m
200 m
200 m
500 m
1.000 m
2.000 m
3.000 m

El relieve de España

En los **mapas físicos** se representan los elementos del relieve de un territorio. Los **colores indican la altitud** de cada zona respecto al nivel del mar. Podemos identificar la altitud que representa cada color en la **leyenda**.

La mayor parte del territorio español se encuentra en la **península Ibérica**. Esta península está rodeada por varios mares.

Otros territorios de España no forman parte de la península, como las **islas Baleares**, en el mar Mediterráneo; las **islas Canarias**, en el océano Atlántico; y las ciudades de **Ceuta y Melilla**, en el norte de África.

En España el **relieve es muy variado**: costas con amplias playas, extensas llanuras, cordilleras, valles, depresiones, islas y volcanes.

Actividades

1. Observa la leyenda e indica qué altitud aproximada tiene la Meseta.
2. ¿Qué cordilleras y sistemas montañosos bordean la Meseta?
3. Nombra las cordilleras que están más alejadas de la Meseta.
4. Cita el nombre de las depresiones españolas.
5. Indica cuál es la cumbre montañosa más elevada de la península Ibérica. ¿Es también la más alta de España?

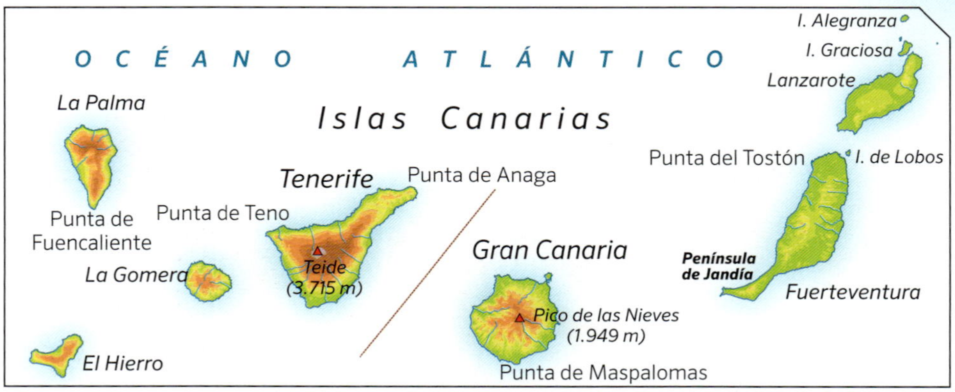

Mar Cantábrico
Cabo de Ajo
Cabo de Matxitxako
Golfo de Vizcaya
Cabo Higer
FRANCIA
Torre Cerredo (2.648 m)
Peña Gorbea (1.482 m)
Aitxur (1.551 m)
Sierra de Aralar
Sierra de Peña Labra
Sierra de Urbasa
Sierra de Cantabria
Río Ebro
Pirineos
Sierra de Leyre
Monte Perdido (3.355 m)
Aneto (3.404 m)
ANDORRA
Cabo de Creus
Sierra del Cadí
Sierra de Guara
Sierra del Montsec
Cabo Bagur
Sierra de la Demanda
Sistema Ibérico
Picos de Urbión
Moncayo (2.313 m)
Depresión del Ebro
Sierra de Alcubierre
Sierra de Montserrat
Sierra del Montseny
Turó de l'Home (1.712 m)
Cordillera Costera Catalana
Duero
Sierra del Moncayo
Río Ebro
Sierra del Montsant
Sistema Central
Sierra de Ayllón
Sierra de Guadarrama
Peñalara (2.430 m)
Cabo Salou
Golfo de Sant Jordi
Sierra del Maestrazgo
Cabo de Tortosa
I. de Buda
Delta del Ebro
Tajo
Sierra de Sant Just
Sierra de Gúdar
Montes Universales
Sierra de Albarracín
Serranía de Cuenca
Penyagolosa (1.815 m)
Sierra de Javalambre
Sierra d'Espadà
Islas Columbretes
Islas Baleares
Cabo Formentor
Cabo Cavalleria
Bahía d'Alcúdia
Menorca
Puig Major (1.445 m)
Sierra de Tramuntana
Mallorca
Bahía de Palma
I. des Conills
Cabo Salinas
Cabrera
Submeseta Norte
Submeseta Sur
Río Turia
Sierra de Utiel
Golfo de Valencia
Ibiza
Sierra de la Calderina
Río Guadiana
Río Júcar
Sierra de Enguera
Cabo de Sant Antoni
Cabo de la Nao
Peñón d'Ifac
Formentera
Sierra de Aitana
Sierra de Almadén
Sierra Madrona
Sierra Morena
Sierra de Alcaraz
Bañuela (1.323 m)
Sierra de Crevillente
Bahía de Alicante
Cabo de Santa Pola
Sierra de Cazorla
Sierra de Segura
Sierra de España
Río Segura
Sagra (2.382 m)
Cabo Roig
Mar Menor
Cabo de Palos
Sierra Mágina
Sistemas Béticos
Subbética
Sierra de Baza
Sierra de las Estancias
Sierra de la Almenara
Sierra de Carrascoy
Cabo Tiñoso
Golfo de Mazarrón
Cabo Cope
Sierra de los Filabres
Sierra Nevada
Mulhacén (3.479 m)
Penibética
Sierra de Alhama
Sierra de Gádor
Guadalquivir
Ensenada de Málaga
Punta de Torrox
Cabo Sacratif
Golfo de Almería
Cabo de Gata
Mar Mediterráneo
I. de Alborán
Almina
Peñón de Alhucemas
Punta de Rostrogordo
Melilla
Peñón de Vélez de la Gomera
MARRUECOS
ARGELIA
N
O
E
S
ESCALA
0
50
100
150 km
División administrativa
Límites internacionales
Límites autonómicos
Límites provinciales
Altitud en metros
2.000
1.500
1.000
700
400
200
0

Los ríos de Europa

Las características de los ríos europeos son muy variadas dependiendo del relieve y del clima. Los **ríos europeos** se agrupan en estas **vertientes hidrográficas**:

- **Glacial Ártica.** Tienen cuencas extensas y con caudal abundante. Los ríos más importantes son Pechora y Dvina Septentrional.
- **Atlántica y báltica.** Tienen cuencas muy extensas y gran longitud. Los más importantes son Tajo, Loira, Sena, Rin, Oder y Vístula.
- **Mediterránea.** Tienen cuencas poco extensas. Su longitud es menor que los anteriores. Los principales ríos son Ebro, Ródano, Po y Tíber.
- **Del mar Negro y del mar Caspio.** Son ríos de largo recorrido. En invierno algunos ríos se congelan y en verano algunos son navegables. Destacan los ríos Danubio, Volga y Ural.

Actividades

1. ¿Qué grandes vertientes hidrográficas existen en Europa? ¿Por qué crees que no aparece la vertiente cantábrica en el mapa?

2. Completa la tabla.

LONGITUD DE LOS PRINCIPALES RÍOS EUROPEOS		
Río	País	Vertiente
Tajo	●●●	●●●
Ródano	●●●	●●●
Pechora	●●●	●●●
Po	●●●	●●●
Rin	●●●	●●●
Volga	●●●	●●●
Danubio	●●●	●●●

GLACIAL
ICO
Islas Vesteralen
Islas Lofoten
de
ega
Mar de Barents
Kolgujev
Río Pechora
Río Obi
Río Pechora
Río Mezen
Mar Blanco
Río Dvina Septentrional
Lago Vyg
Lago Onega
Río Suhona
Lago Blanco
Lago Ladoga
Islas Aland
Río Dal
Lago Peipus
Lago Ilmen
Mar Báltico
Río Dvina Occidental
Río Niemen
Río Kama
Río Volga
Río Oka
Río Ural
Río Ural
Río Emba
Río Weser
Río Elba
Río Oder
Río Vístula
Río Bug
Río Main
Río Dniéper
Río Don
Río Donets
Don
Río Volga
Río Danubio
Lago de Constanza
Río Bug Meridional
Río Dniéster
Río Prut
Río Tisza
Río Mures
Río Drava
Río Sava
Río Danubio
Río Po
Mar de Azov
Río Kuban
Mar Caspio
Mar Negro
Lago Sevan
Río Kura
Río Ara
Mar Adriático
Mar de Mármara
Río Sakarya
Río Kizil
Lago de Van
Lago Urmia
Mar Egeo
Mar Tirreno
Mar Mediterráneo
Sicilia
Mar Jónico
Islas Jónicas
Islas Espóradas
Islas Cícladas
Río Menderes
Lago Beysehir
Rodas
Creta
Chipre
N
O
E
S
Vertientes
Glacial Ártica
Atlántica y báltica
Mediterránea
Mar Negro y Mar Caspio

Agua, vegetación y fauna en España

En este mapa de las vertientes hidrográficas se representa con un color distinto cada área del territorio cuyos ríos desembocan en el mismo mar u océano. Existen **tres vertientes**: cantábrica, mediterránea y atlántica.

España tiene gran cantidad de ríos. Son **poco caudalosos** debido a la desigual distribución de las precipitaciones.

Las **precipitaciones** más abundantes se dan en la vertiente cantábrica. La atlántica y la mediterránea tienen precipitaciones irregulares.

El río Tajo nace y discurre por España, pero también es un río portugués, pues pasa por ese país para llegar al Atlántico.

LAS VERTIENTES Y LOS RÍOS ESPAÑOLES

LA VEGETACIÓN Y LA FAUNA

Actividades

1. ¿Cuál es el río más largo de la vertiente mediterránea?
2. ¿En qué vertiente se sitúan los ríos más caudalosos de España? ¿Por qué crees que es así?
3. Cita el nombre de algunos ríos que hagan de frontera natural entre España y Portugal.

El relieve y el agua de Extremadura

El **relieve** de Extremadura se organiza en:

- **Dos cuencas hidrográficas**, la del Tajo y la del Guadiana, que son los grandes ríos que atraviesan Extremadura. Ambos pertenecen a la **vertiente atlántica** y tienen un **caudal muy irregular**, con fuerte estiaje en verano y aguas altas en invierno. El Tajo tiene un caudal mayor.
  - El río **Tajo** recorre la provincia de Cáceres de este a oeste. Sus afluentes más importantes son el Tiétar, el Alagón, el Salor y el Almonte.
  - El río **Guadiana** discurre de este a oeste por la provincia de Badajoz. Sus afluentes principales son el Gévora, el Zújar y el Matachel.
- **Tres cadenas montañosas** paralelas a esos ríos:
  - Al norte, el **Sistema Central**, formado en nuestra región por las sierras de Gredos, Béjar y de Gata. En la sierra de Béjar se alza el Calvitero, la mayor elevación de la comunidad, con 2.425 m.
  - En el centro se sitúan los **Montes de Toledo**, con las sierras de las Villuercas-Guadalupe, de Montánchez y de San Pedro.
  - Al sur se eleva **Sierra Morena**, que separa Extremadura de Andalucía.

PRINCIPALES RÍOS DE EXTREMADURA

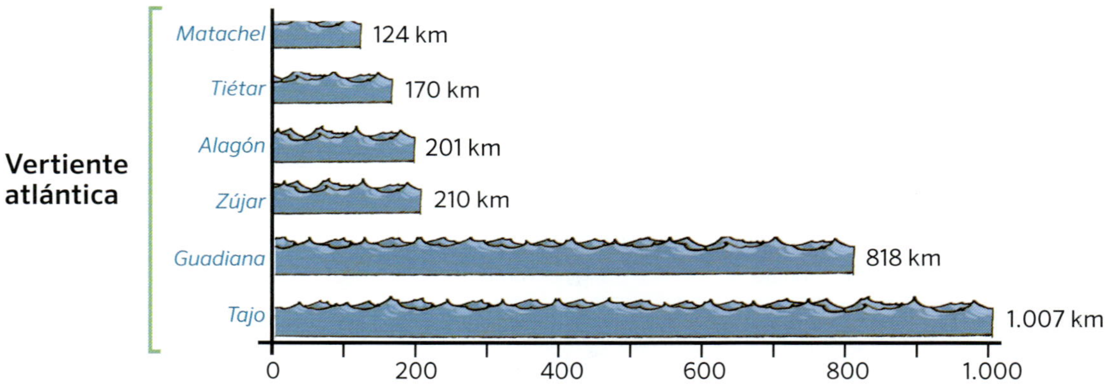

Tajo-Monfragüe

Guadiana-Talavera la Real

Los **embalses** son acumulaciones de agua creadas por el ser humano. Estos espacios recogen el agua de los ríos y la retienen para poder utilizarse después como agua potable, para riegos, para obtener energía eléctrica, etc. En Extremadura, gracias a los embalses se ha solucionado el problema de las fuertes variaciones en el caudal de los ríos. Antes de poder acumular el agua, se producían largas sequías en verano y desbordamientos en épocas de crecidas.

Los embalses más importantes de la cuenca del Tajo son el de Alcántara y el de Cedillo. En la cuenca del Guadiana destacan el embalse de La Serena y el de Orellana.

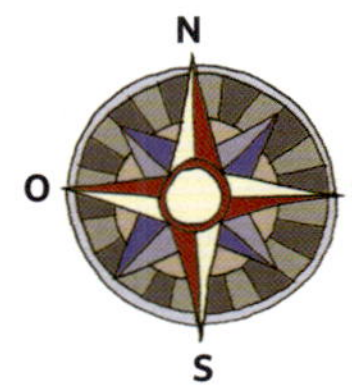

Actividades

1. Enumera las unidades del relieve extremeño de norte a sur.
2. Señala cuáles son los dos ríos principales de la región y alguno de sus afluentes.
3. ¿Cuáles son las ventajas de construir embalses? Indica el nombre de dos embalses de cada una de las cuencas de los ríos más importantes.

El tiempo atmosférico

Para saber qué tiempo hace necesitamos mirar por la ventana o salir a la calle.

Cuando vamos al cine, por ejemplo, no sabemos si fuera sopla el viento o llueve hasta que finaliza la película y salimos al exterior. Solo de esa manera podemos observar lo que sucede en la **atmósfera**.

El **tiempo atmosférico** es el **estado** en el que se encuentra la **atmósfera** en un determinado momento del día o de la noche.

Para conocer qué tiempo hace hay que fijarse en ciertos **fenómenos** de la atmósfera: la temperatura del aire, la humedad y el viento.

- La **temperatura del aire** es el frío o calor que hace en un lugar. Si la temperatura del aire es baja, hace frío, y cuando es alta decimos que hace calor.
- La **humedad** es la cantidad de vapor de agua presente en la atmósfera. El aire del desierto es seco porque tiene muy poca humedad. En cambio, a orillas del mar el aire está cargado de humedad. Cuando hay mucho vapor de agua se originan nubes y pueden caer **precipitaciones** en forma de **lluvia**, **nieve** o **granizo**.
- El **viento** es el movimiento del aire. Según la fuerza con la que se mueve, el viento puede ser una **brisa** suave, un **vendaval** o incluso un fuerte **huracán**.

Para **conocer el tiempo atmosférico** que hace o va a hacer en un lugar determinado del planeta se utilizan los **mapas meteorológicos**, también llamados mapas del tiempo.

Mediante **símbolos** se explica si llueve, si nieva, si luce el Sol o si va a hacer mucho viento.

Los mapas pueden ser imágenes del lugar obtenidas de satélites espaciales, o mapas realizados por cartógrafos.

La estación meteorológica

Los **meteorólogos** son las personas que estudian el tiempo atmosférico y que informan sobre el tiempo que hará al día siguiente a través de los mapas del tiempo.

Estos profesionales miden los **fenómenos atmosféricos** con aparatos especiales, tales como termómetro, veleta, barómetro, etc.

El conjunto de los **instrumentos** que miden la temperatura, la humedad o el viento en un lugar se llama estación meteorológica.

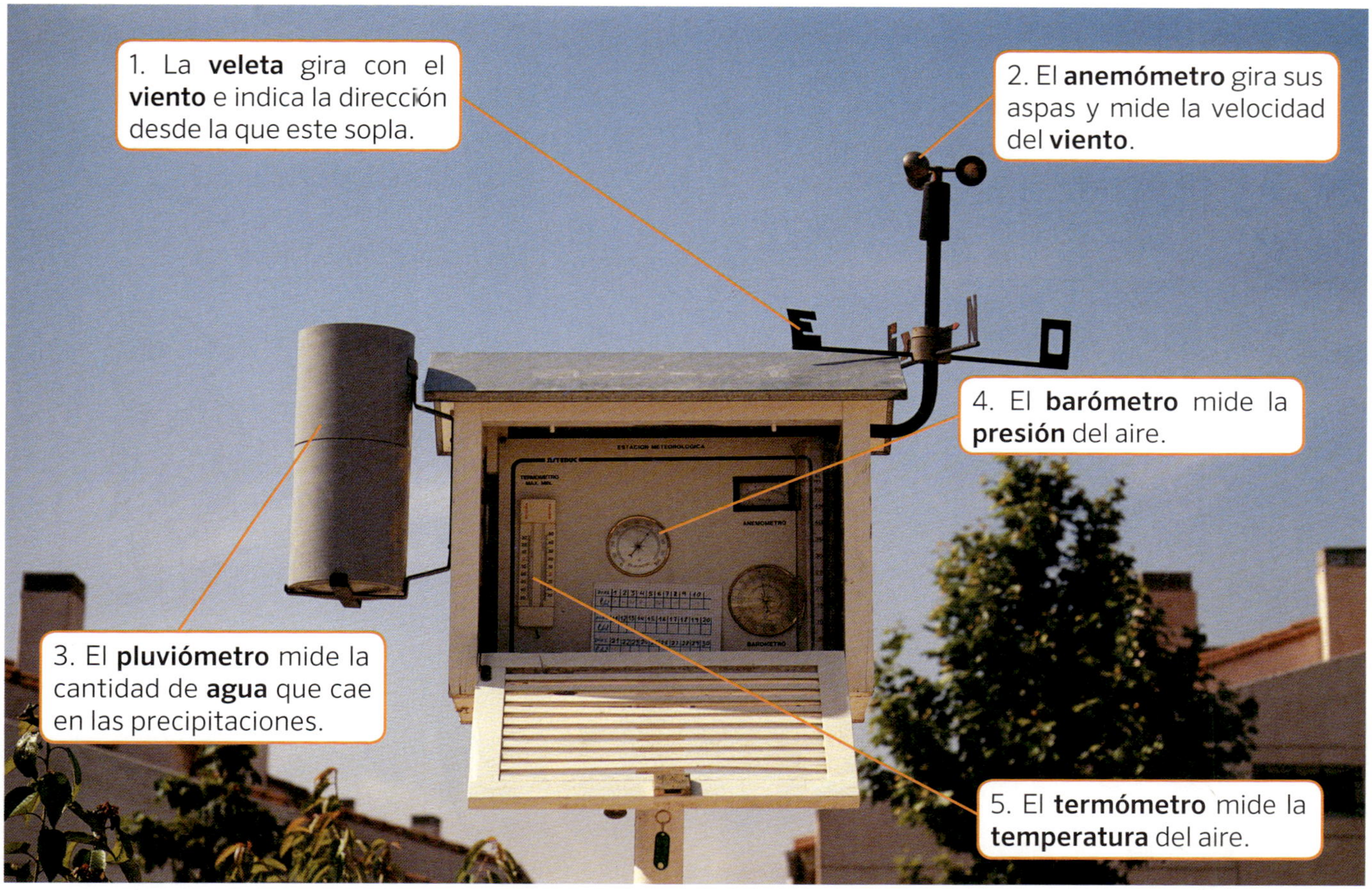

Actividades

1. Copia las siguientes frases en tu cuaderno y complétalas.
   - El ●●● es el estado en el que se halla la ●●● en un momento del ●●● o de la ●●●.
   - El ●●● es el movimiento del aire. Puede ser una ●●●, un ●●● o un ●●●.
   - Los ●●● son las personas que estudian el ●●● y que informan sobre el tiempo que hará en los ●●● siguientes.
2. Explica la diferencia que existe entre la brisa, el vendaval y el huracán. ¿Cuál es más habitual en tu localidad?
3. ¿En qué forma puede precipitar el agua de las nubes? Describe un paisaje que se vea afectado por cada uno de los casos.
4. Investiga qué son las estaciones agroclimáticas. ¿Para qué sirven?

El clima

El **clima** es el **tiempo atmosférico** que predomina en un lugar **a lo largo de los años**. Está determinado por los siguientes factores:

- La **temperatura** y las **precipitaciones** de esa zona durante cada estación del año.
- El **lugar de la Tierra** en el que se encuentra. Existen tres zonas climáticas: la fría, la templada y la cálida.

2. Zona climática templada

Las temperaturas suben o bajan según la estación del año, pero no hace demasiado frío ni demasiado calor. Las lluvias son moderadas.

España está en la zona templada.

1. Zona climática fría

Las temperaturas son muy bajas todo el año, y las lluvias, abundantes o en forma de nieve.

Los Polos están en la zona fría.

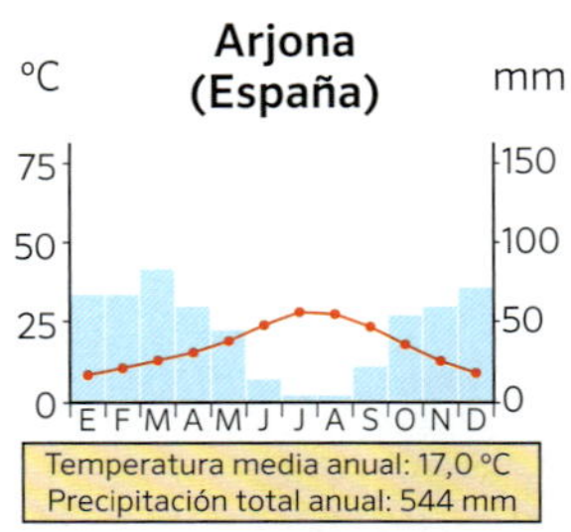

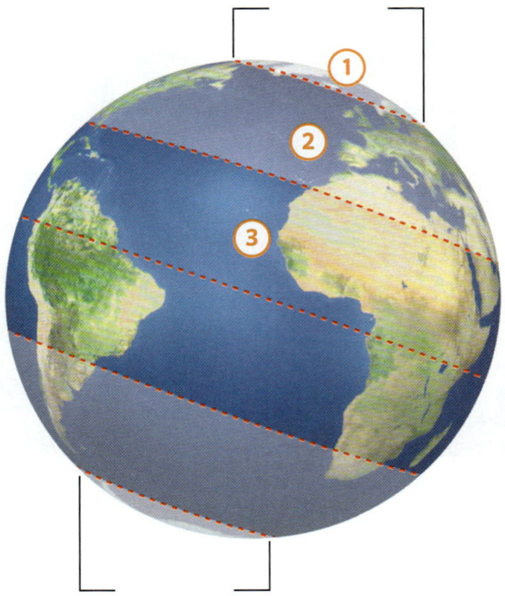

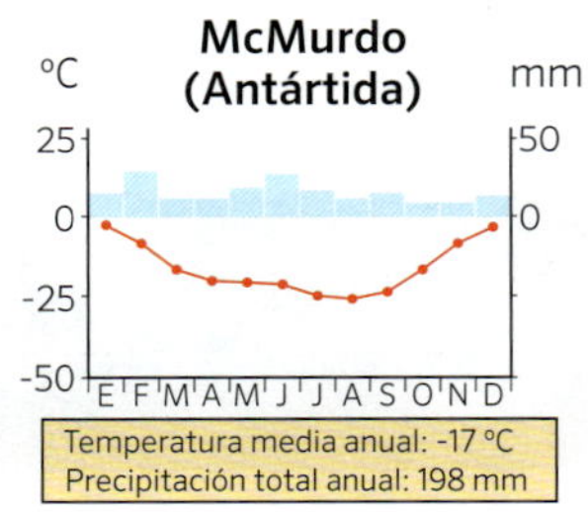

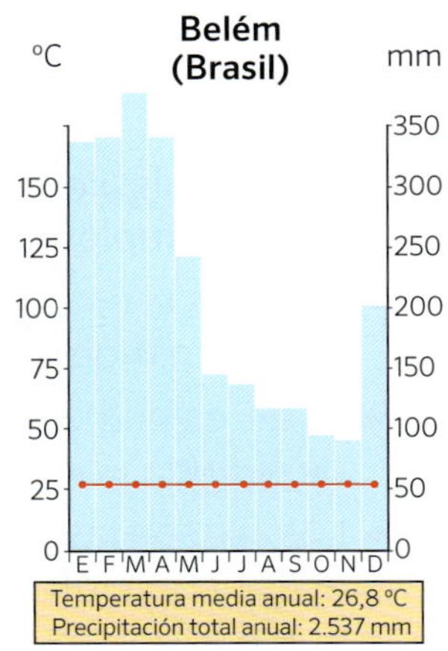

3. Zona climática cálida

Las temperaturas son siempre altas y similares durante el año. Sin embargo, hay lugares donde llueve mucho, y en otros apenas llueve.

Las selvas y algunos desiertos se encuentran en la zona cálida.

Los climas de España

Debido a su localización y distancia al mar, entre los territorios de España se distinguen diversos climas:

- **Oceánico.** Las lluvias son frecuentes durante todo el año, y las temperaturas, suaves.
- **Mediterráneo interior.** Las precipitaciones son escasas, y se producen en primavera y otoño. Las temperaturas son bajas en invierno y elevadas en verano.
- **Mediterráneo litoral.** Las lluvias son escasas e irregulares, a veces torrenciales. Las temperaturas son suaves en invierno y elevadas en verano.

- **Mediterráneo seco.** Es un clima árido, con escasez de lluvias y temperaturas elevadas todo el año.
- **Subtropical.** Las precipitaciones son escasas, más frecuentes en el norte. Las temperaturas son suaves en invierno y cálidas en verano.
- **De montaña.** Llueve con frecuencia y nieva en invierno. Las temperaturas son muy frías en invierno y suaves en verano.

Actividades

1 Copia las frases en tu cuaderno y complétalas.

- El ••• de un lugar está determinado por la ••• y las •••, así como por el ••• de la Tierra en el que se encuentra.
- En la zona templada las ••• suben o bajan según la ••• del año.
- En la ••• cálida las ••• son siempre ••• durante todo el año.
- Las temperaturas son muy ••• en la ••• fría.

2 Observa los climogramas y responde a las preguntas.

- ¿En qué lugar llueve más? ¿Dónde llueve menos? ¿En qué zona climática está cada caso?
- ¿Dónde llueve durante todo del año? ¿Dónde se vive siempre a bajo cero?
- ¿En qué zona climática crees que es mejor vivir? Explica por qué.

3 Indica qué climas se dan en la provincia en la que vives. ¿Y en tu localidad?

Las etapas de la Historia

La **cronología** es la ciencia que determina el orden temporal de los acontecimientos históricos. La más aceptada divide la Historia en varias **edades**: Antigua, Media, Moderna y Contemporánea.

La Edad Antigua

500 a. C. Comienza el período de esplendor de la cultura ibera

218 a. C. Desembarco romano en Ampurias. Inicio de la conquista

409 d. C. Llegada de pueblos germanos a la península Ibérica

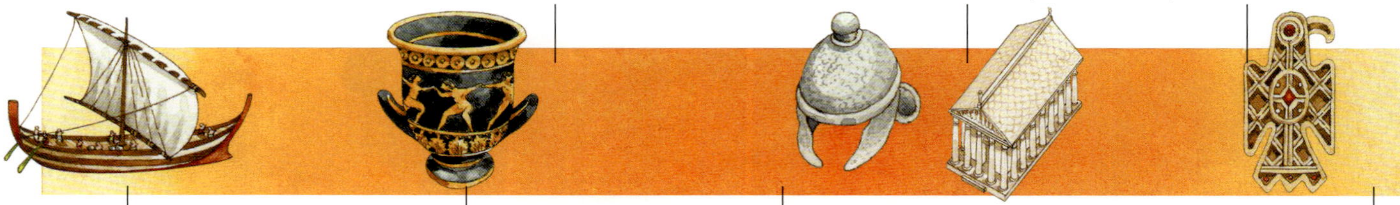

1.100 a. C. Los fenicios fundan Gadir (Cádiz)

580 a. C. Los griegos fundan Ampurias

255 a. C. Los cartagineses fundan Cartagena

476 d. C. Caída del Imperio romano de Occidente

La Edad Media

476 Caída del Imperio romano de Occidente

711 Invasión musulmana

929 Inicio del Califato de Córdoba

1230 Unión de los reinos de Castilla y León

1479 Inicio del reinado de los Reyes Católicos

554 Reino visigodo de Toledo

750 Reino de Asturias: Primer reino cristiano

1137 Se constituye la Corona de Aragón

1238 Comienza la dinastía nazarí de Granada

1492 Descubrimiento de América

La Edad Moderna

1519 Primera vuelta al mundo

1605 Se publica el *Quijote*

1656 Velázquez pinta *Las meninas*

1704 Guerra de Sucesión

1713 Tratado de Utrecht

1789 Revolución francesa

1516 Carlos I

1556 Felipe II

1598 Felipe III

1621 Felipe IV

1665 Carlos II

1700 Felipe V

1746 Fernando VI

1759 Carlos III

1788 Carlos IV

La Edad Contemporánea

Es la etapa más corta de las que has estudiado. Comenzó en el **1789**, con el inicio de la Revolución francesa, y llega **hasta la actualidad**, es decir, que aún no ha acabado.

Durante este tiempo, los acontecimientos de esta época provocaron **profundos cambios** en el planeta. Las transformaciones ocurrieron mucho más rápido que en todos los siglos anteriores.

En **España** la modernización económica, social y política fue más lenta que en la mayoría de los países de Europa. A partir de la década de 1960 se inició una modernización económica y social que, a partir de 1975 con la llegada de la democracia, fue acompañada de una modernización política.

Toma de la Bastilla en la Revolución francesa.

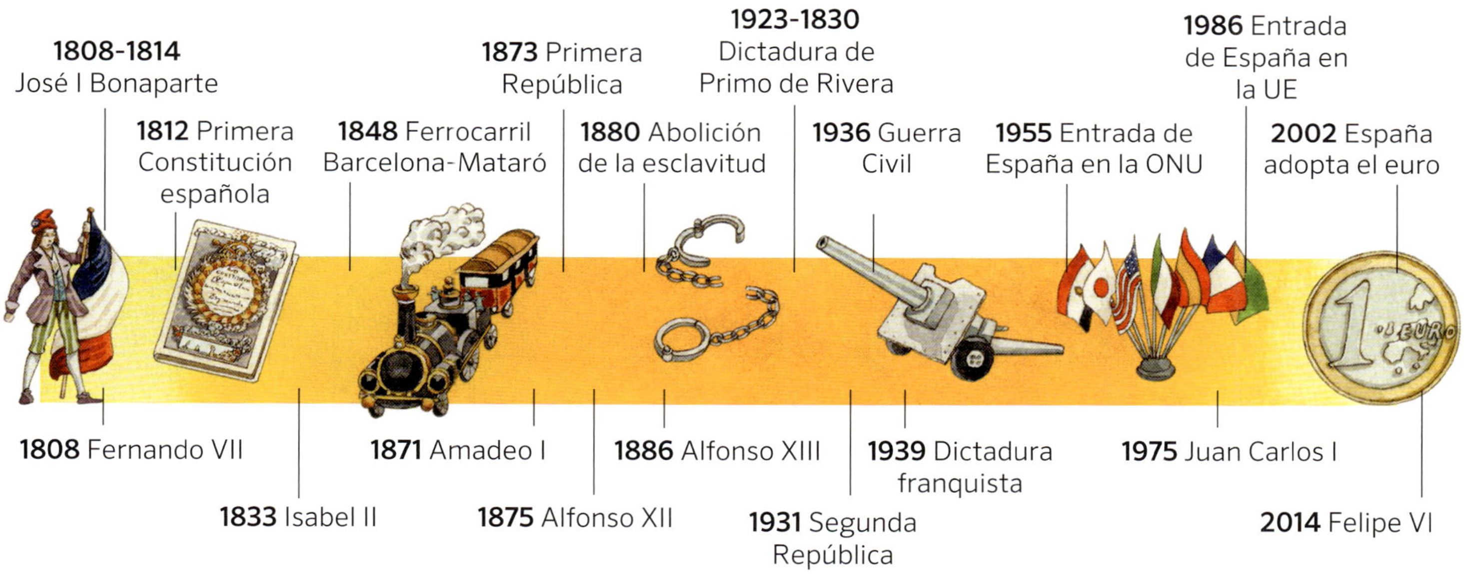

Actividades

1. ¿Qué es la cronología?
2. Indica los años de inicio y de finalización de la Edad Antigua. ¿Qué hechos sobresalen?
3. Señala los años de comienzo y de fin de la Edad Media. ¿Qué acontecimientos marcan esas fechas?
4. Agrupa los reinados de los monarcas de la Edad Moderna por siglos.
5. Elige un hecho de cada siglo de la Edad Contemporánea y explícalo.
6. ¿Cuándo se inició en España el sistema político democrático?

La guerra de la Independencia española

El **2 de mayo de 1808** el pueblo de Madrid se levantó en armas contra las tropas invasoras francesas que estaban en Madrid. Este acontecimiento supuso el inicio de la guerra de la Independencia española.

El conflicto duró **hasta el 1814**. En ese período de tiempo hubo avances y retrocesos, tanto por parte española como francesa, en la ocupación de la península Ibérica.

En esta guerra, el **apoyo de Gran Bretaña** fue importante para derrotar finalmente a Napoleón Bonaparte.

Los acontecimientos

La guerra de la Independencia se inició en 1808 con la entrada de las tropas imperiales francesas en España a través de los pasos fronterizos del norte. El objetivo inicial era anexionarse Portugal, aunque en realidad Napoleón ansiaba hacerse con el conjunto de la Península. Mediante la guerra de guerrillas de los españoles, y con la ayuda de Gran Bretaña, las tropas napoleónicas abandonaron España en 1814.

Los protagonistas

Napoleón Bonaparte nació en la isla de Córcega. Fue un militar y gobernante francés. Se convirtió en el general más joven de Europa. Fue derrotado definitivamente en 1815 en la batalla de Waterloo y desterrado a la isla de Santa Elena, donde falleció.

Carlos IV fue hijo y sucesor de Carlos III en el trono. Reinó en España desde 1788 hasta 1808. En marzo de 1808 abdicó a favor de su hijo **Fernando VII**, unos meses antes del inicio de la guerra de la Independencia.

José Bonaparte era el hermano mayor de Napoleón. Fue nombrado rey de España en 1808 y estuvo en el trono hasta 1813. El hecho de que fuese impuesto por un ejército invasor le hizo muy impopular ante el pueblo español.

Agustina de Aragón fue una defensora de Zaragoza durante los asedios de esta ciudad en la guerra de la Independencia. Su valentía ante el ejército francés le valió el reconocimiento del pueblo español.

Actividades

1. Lee las frases y responde en tu cuaderno si son verdaderas o falsas:
   - a) Napoleón nació en la isla de Santa Elena.
   - b) Carlos IV abdicó en 1809 a favor de su hijo Fernando VI.
   - c) José I era hermano de Napoleón Bonaparte.
   - d) Agustina de Aragón defendió la ciudad de Teruel.

2. Relaciona las batallas de la Guerra de la Independencia con las siguientes fechas:

Arapiles •	• 1808
Bailén •	• 1813
San Marcial •	• 1812

La economía española en el siglo XIX

En el siglo XIX , España era un país mayoritariamente agrario. La **industrialización** fue un **proceso lento** que comenzó en las primeras décadas del siglo XIX y culminó en el siglo XX.

Las principales instalaciones industriales surgieron en Cataluña y en la zona norte de España, aunque se desarrollaron otros focos como el de Andalucía.

Las primeras industrias en España

A pesar de la industrialización tardía y las escasas inversiones de la burguesía española, regiones como Cataluña y País Vasco fueron importantes excepciones.

1. La máquina de vapor de James Watt (1769) permitió el desarrollo de la industria textil, que en España se centró en el área de Cataluña.

2. La Maquinista Terrestre y Marítima fue una de las principales fábricas metalúrgicas españolas de la época. Estaba ubicada en Barcelona.

3. En el norte de España hubo un importante desarrollo industrial, pero la **falta de carbón** dificultó el proceso, ya que había que importarlo de Gran Bretaña y esto encarecía la producción.

4. El **primer ferrocarril** construido en España se inauguró en 1848, y unía las ciudades de Barcelona y Mataró. Sin embargo, años antes, en 1837, se había inaugurado la primera línea férrea de toda Hispanoamérica en Cuba, bajo autorización de la reina Isabel II, ya que la isla aún formaba parte de España. La línea Barcelona-Mataró fue, en realidad, la segunda en territorio español.

EL DESARROLLO INDUSTRIAL Y AGRARIO DE ESPAÑA EN EL SIGLO XIX

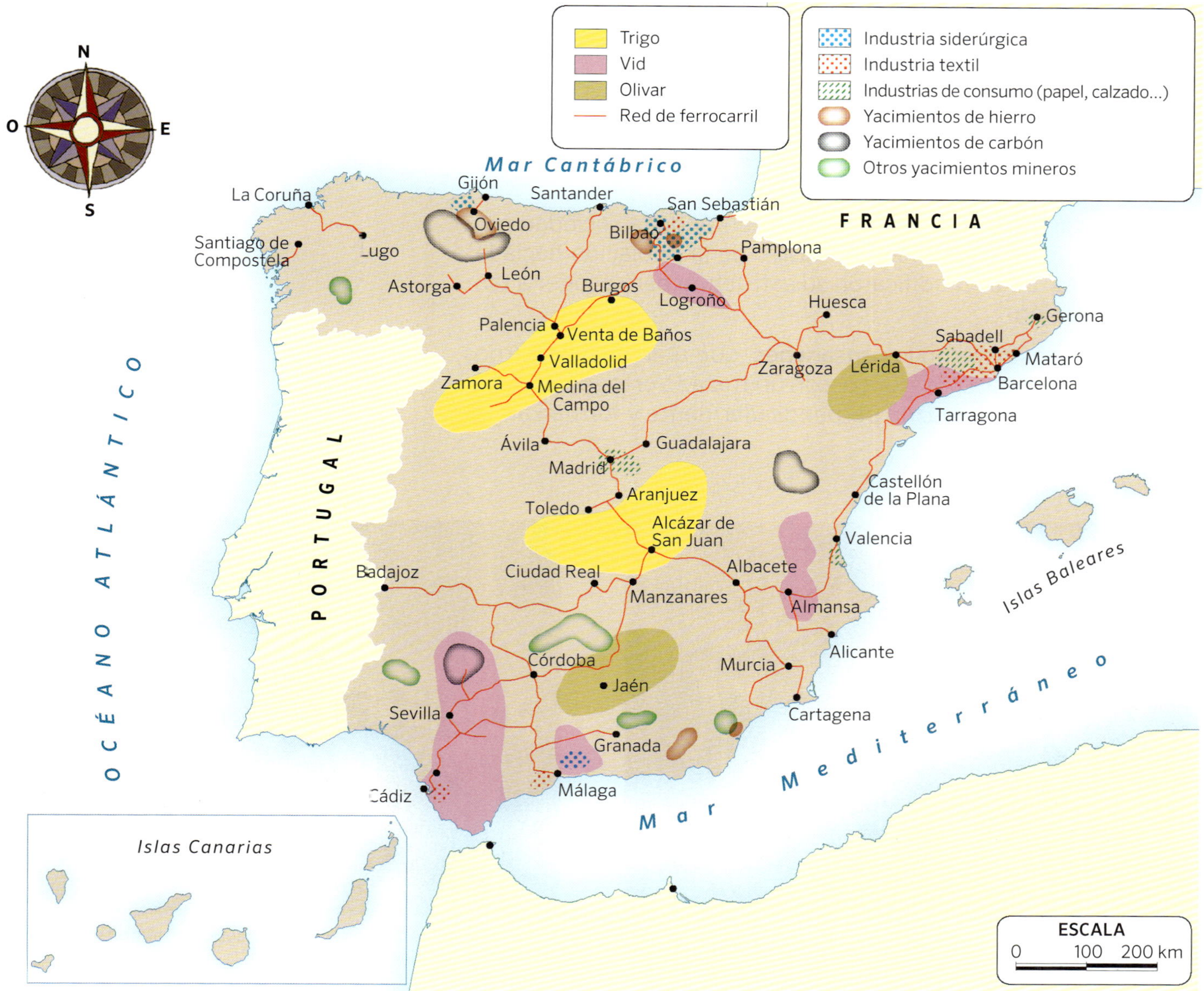

Actividades

1. ¿Qué industrias destacaron en Cataluña en los inicios de la industrialización española?
2. ¿Qué ciudades unió el primer ferrocarril en España?
3. Observa el mapa. En el área entre Bilbao y San Sebastián, ¿qué tipo de industria predomina? ¿Qué tipo de yacimientos minerales hay?
4. Relaciona al menos una ciudad con cada sector agrario de los que aparecen en la leyenda del mapa.

La sociedad española en el siglo XIX

En la sociedad española de este siglo siguieron teniendo gran influencia los **estamentos tradicionales**: nobleza y clero. Sin embargo, el desarrollo industrial en algunas zonas de España favoreció el surgimiento de una **burguesía** de los negocios e industrial.

Sin embargo, los grupos sociales más numerosos eran los **campesinos**, y en las áreas industriales, los **obreros** (proletariado).

Estos cambios que estaba experimentando la sociedad provocaron el desplazamiento masivo de la población hacia las **ciudades**. Estas modificaron su estructura para acoger a tanta población.

Así, se construyeron los **ensanches**, que eran nuevos barrios contiguos al casco histórico, con un trazado ortogonal, es decir, calles que se cruzan perpendicularmente y forman ángulos rectos.

La **nobleza** española fue perdiendo importancia económica durante el siglo XIX.

La **burguesía** fue adquiriendo un mayor protagonismo económico y social.

El **campesinado** estaba sometido a unas condiciones de trabajo muy duras.

Los **obreros** vivían en barrios que carecían de los servicios más básicos.

El auge de la burguesía: ensanches y viviendas urbanas

A lo largo del siglo XIX muchas personas emigraron del campo a la ciudad y se instalaron en edificios de pisos. En ellos vivía gente perteneciente a distintas clases sociales.

Actividades

1. Enumera las clases sociales más importantes durante el siglo XIX.
2. ¿Qué significa trazado ortogonal?
3. Observa la ilustración de la vivienda y explica cómo vive cada clase social en la ciudad.

El fin del Imperio colonial español

A lo largo del siglo XIX casi todos los territorios americanos pertenecientes a la Corona española se fueron independizando. Solo **Cuba y Puerto Rico**, situados en América, se mantuvieron bajo soberanía española hasta el año **1898**.

La **derrota de España** en ese año por parte de Estados Unidos provocó la pérdida de todos los territorios americanos y también de las **islas Filipinas**, en Asia.

En el norte de África, España inició desde 1912 el control de **Marruecos** con el fin de explotar las minas de hierro existentes en el territorio.

Sin embargo, los grupos nacionalistas marroquíes se opusieron a la ocupación española. En 1919 se inició una guerra que finalizó en 1926 con la derrota de los marroquíes sublevados.

LOS IMPERIOS COLONIALES EN 1914

Simón Bolívar fue una de las figuras más destacadas de la independencia de las colonias americanas.

Cubanos armados en la guerra de Cuba.

La derrota de España provocó la pérdida de las islas Filipinas.

La guerra de Marruecos finalizó en 1926.

Actividades

1. ¿Qué territorios americanos quedaron bajo el dominio español hasta el año 1898?
2. ¿Quién fue Simón Bolívar?
3. ¿Por qué estaba interesada España en controlar Marruecos?
4. Indica el nombre de cuatro países de América que se independizaron antes de 1898.

Europa y España entre 1900 y 1945

Entre 1900 y 1945 el continente europeo vivió grandes cambios. Los más importantes, el estallido de dos guerras que afectaron no solo a Europa, sino que se desarrollaron a escala mundial. No obstante, el continente más afectado fue el nuestro.

En España, a la monarquía de Alfonso XIII le sucedió en 1931 la **Segunda República española**.

Las reformas iniciadas por el régimen republicano provocaron el rechazo del Ejército, de la Iglesia y de los grandes propietarios, que veían peligrar sus privilegios.

En el año 1936 se inició una sublevación militar que dio lugar a una **Guerra Civil**, y en 1939 la República desapareció tras perder la guerra.

Con la caída de de la Segunda República española desapareció toda una serie de derechos y reformas sociales, económicas y políticas iniciadas durante este período, como por ejemplo el derecho al voto de las mujeres, la Ley de Reforma Agraria o el gran impulso que se dio al sistema educativo, inspirado en un enfoque pedagógico muy innovador. Además, se anularon los estatutos de autonomía de Cataluña y el País Vasco.

LAS PRINCIPALES DICTADURAS Y DEMOCRACIAS EN EUROPA EN 1940

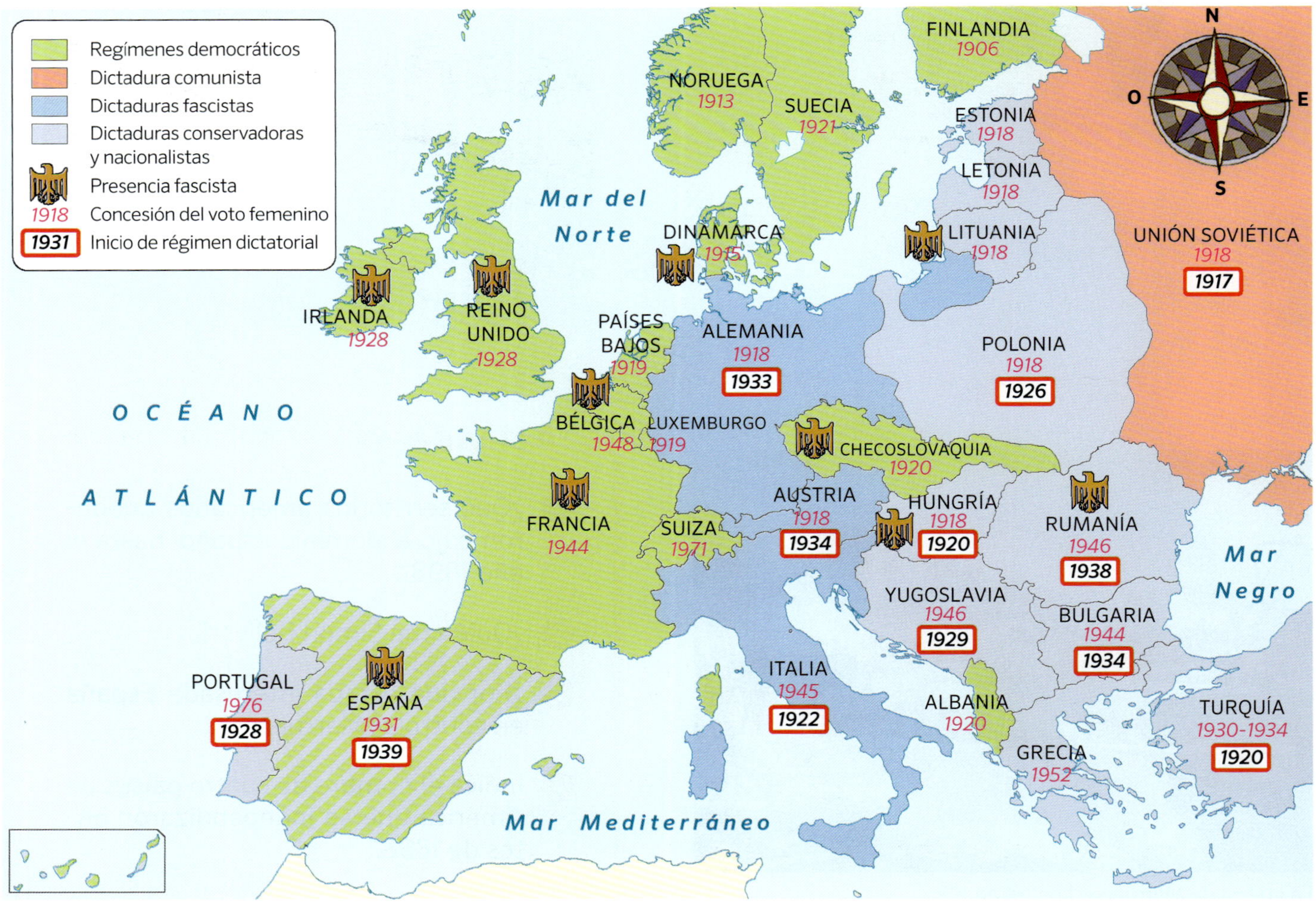

El derecho al voto de las mujeres

La elaboración de la **Constitución de 1931** dio lugar a la existencia de un gran número de derechos, entre ellos el **derecho al voto de las mujeres**.

Desde finales del siglo XIX este derecho se había ido extendiendo por todos los países ya que solamente los hombres tenían la posibilidad de votar. El derecho al voto formaba parte de una serie de derechos más amplios, que reconocerían la plena igualdad entre mujeres y hombres.

Manifestación de mujeres británicas exigiendo el derecho al voto.

Mujeres votando en unas elecciones durante la Segunda República española.

Actividades

1. Fíjate en el mapa. ¿Qué países europeos tenían regímenes democráticos en esa época?

2. Observa el mapa y la tabla. ¿En qué fecha consiguieron en esos países europeos las mujeres el derecho al voto? ¿Y en el resto del mundo?

Países en los que las mujeres lograron el derecho a votar (hasta 1940)	
Finales del siglo XIX	Nueva Zelanda
1900-1910	Austria y Finlandia
1911-1920	Noruega, Dinamarca, Canadá, Polonia, Uruguay, Alemania, Reino Unido y Rodesia del Sur (actual Zimbabue)
1921-1930	Estados Unidos, Suecia, Ecuador y Mongolia
1931-1940	Grecia, Sudáfrica, Turquía, España, Portugal, Brasil e Indonesia

3. ¿En qué año lograron las mujeres españolas su derecho al voto?

España y la Unión Europea

España se incorporó a la Comunidad Europea el 1 de enero de **1986**. Pero el proceso de integración de nuestro país se había iniciado mucho antes.

A comienzos de la **década de 1970** el gobierno dictatorial de Franco solicitó la incorporación de España a las instituciones europeas. Pero la CEE exigía que sus países miembros tuvieran sistemas políticos democráticos. Eso hizo que tan solo se lograra firmar acuerdos comerciales que convirtieron a la CEE en nuestro primer cliente comercial.

Tras la muerte del general Franco, los distintos gobiernos democráticos volvieron a solicitar el ingreso, pero las dificultades entonces pasaron a ser de tipo económico: la producción agrícola y pesquera española debía reducirse para se admitidos. La CEE pasó a integrarse en la Unión Europea (UE) en 1993.

El apoyo del presidente de Estados Unidos, Dwight Eisenhower, al régimen de Franco facilitó la apertura al exterior de nuestro país..

El presidente del Gobierno Felipe González firmando la adhesión de España a la CEE (Comunidad Económica Europea).

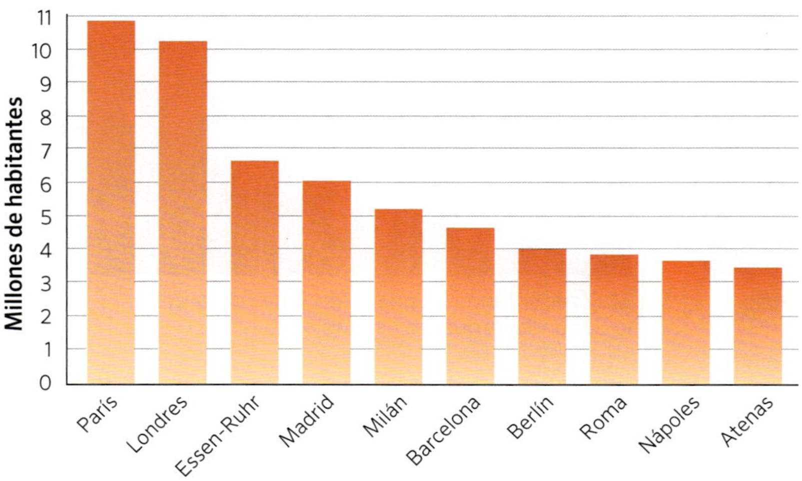

Actividades

1. Fíjate en la gráfica de barras. ¿A qué países de la Unión Europea pertenecen las ciudades europeas más pobladas? ¿Hay alguna ciudad española entre esas capitales?
2. ¿Por qué crees que pasó tanto tiempo desde que España pidió ingresar en la Unión Europea en 1970 hasta que ingresó en 1986?
3. ¿Cuáles fueron los países fundadores de la Unión Europea?
4. ¿Cuántos países formaban la Unión Europea en 1996?
5. Cita en nombre de tres países de Europa que no forman parte de la Unión Europea.

Cronología del proceso de integración europea

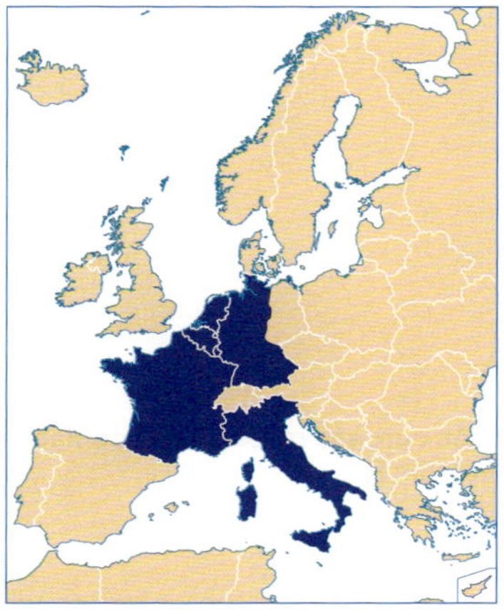

1957: Alemania, Italia, Bélgica, Luxemburgo, Francia y Países Bajos.

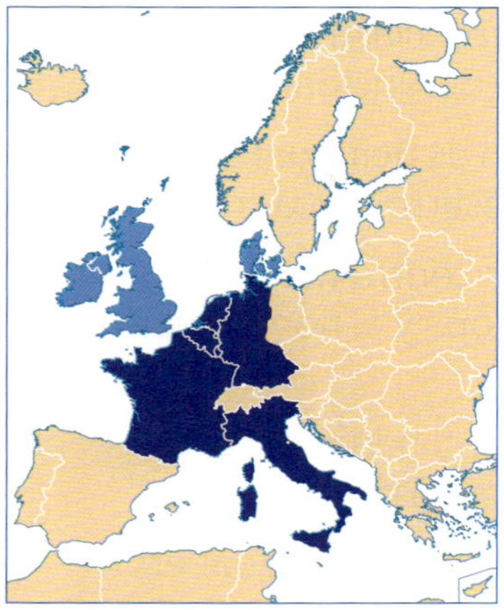

1973: Dinamarca, Irlanda y Reino Unido.

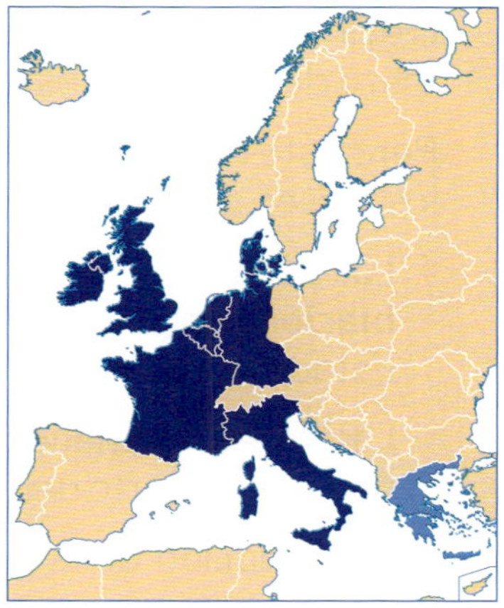

1981: Grecia.

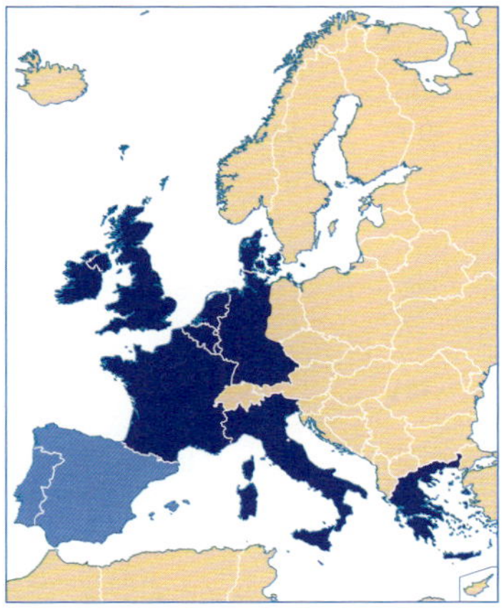

1986: España y Portugal.

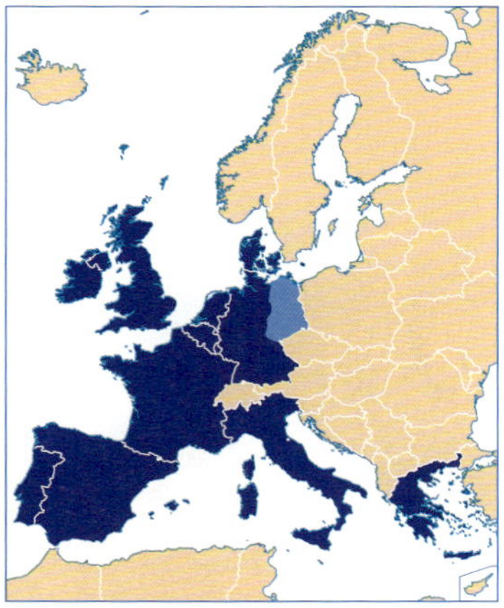

1991: Reunificación alemana.

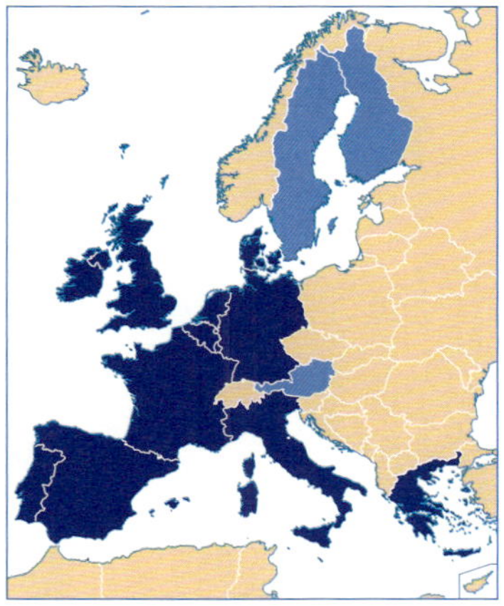

1995: Austria, Finlandia y Suecia.

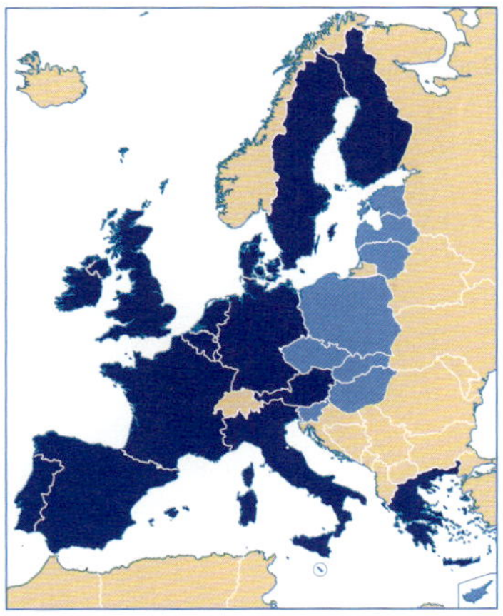

2004: Chequia, Chipre, Eslovaquia, Eslovenia, Estonia, Hungría, Letonia, Lituania, y Polonia.

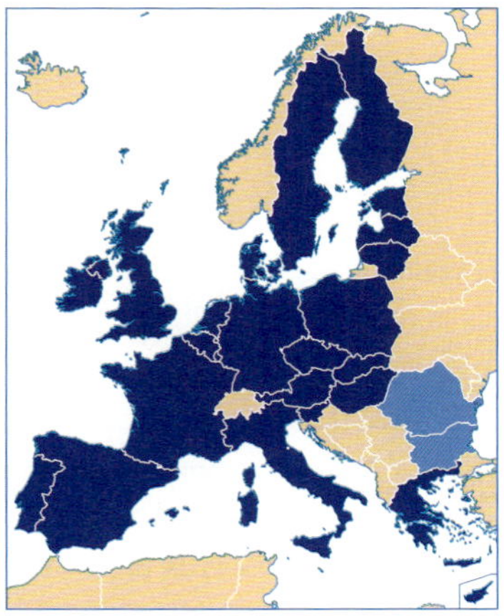

2007: Bulgaria y Rumanía.

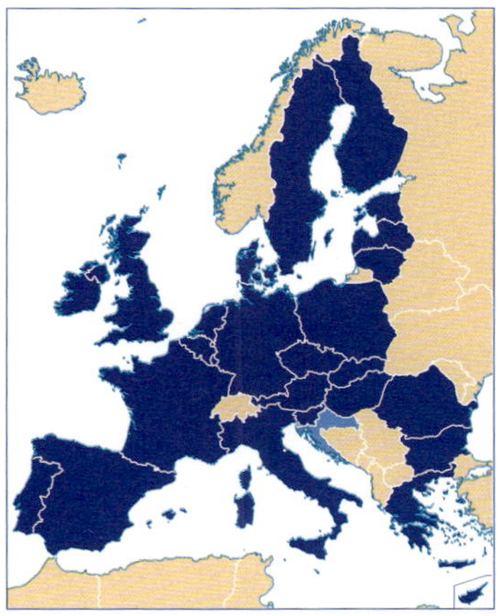

2013: Croacia.

La población en el mundo actual

La **población mundial** crece de forma continuada. El **crecimiento** de la población es la diferencia entre el número de nacimientos y el número de defunciones.

Pero este crecimiento de la población es **desigual** entre los países desarrollados y los poco desarrollados.

- Las zonas del planeta donde se concentra **mayor población** son: el sureste de Asia, Europa y el noreste de Estados Unidos.
- Las zonas de **menor población** son: Siberia, norte de Canadá, desierto del Sahara y cuenca del río Amazonas.

La distribución de la población también es desigual en **Europa**:

- Las **mayores densidades de población** se localizan en Países Bajos, Bélgica, Alemania, Reino Unido y norte de Italia, así como en algunas regiones de Francia, Polonia, España y Portugal.
- Por el contrario, todo el norte y algunas áreas de las penínsulas ibérica y balcánica presentan **densidades de población muy bajas**.

Evolución de la población europea respecto a la población mundial (incluye Federación Rusa)

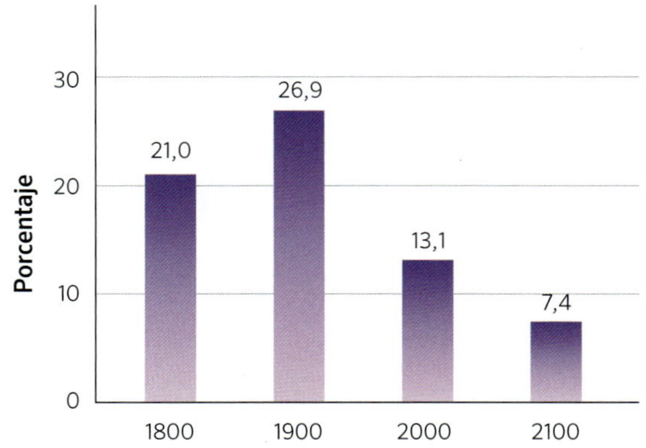

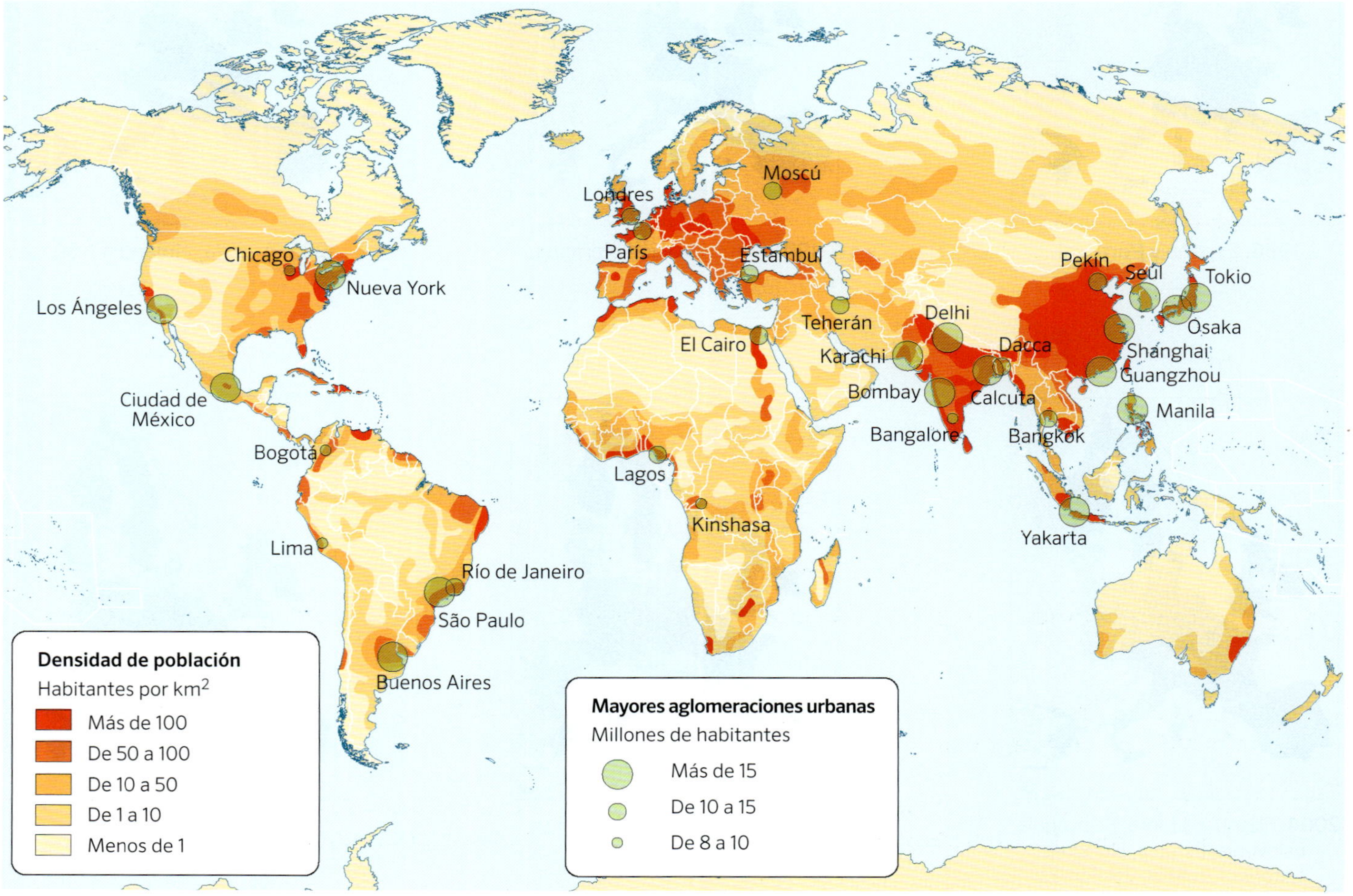

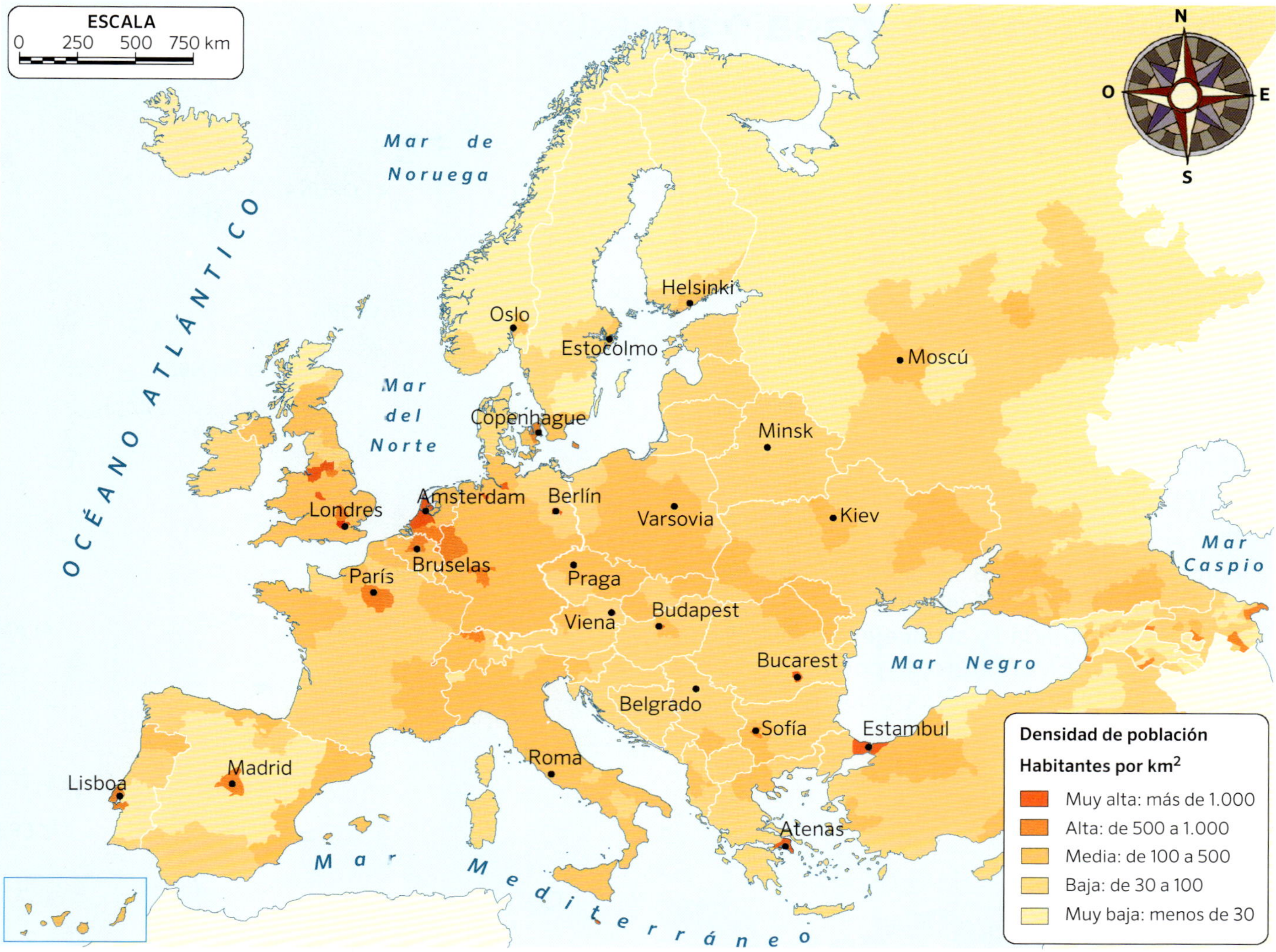

Actividades

1. Copia en tu cuaderno la siguiente tabla y, con la ayuda del mapamundi, indica con una X si en ese territorio la concentración de población es alta o baja.

Territorio	Alta	Baja
Río Amazonas	●●●	●●●
Siberia	●●●	●●●
Sureste de Asia	●●●	●●●
Noreste de Estados Unidos	●●●	●●●
Norte de Canadá	●●●	●●●

2. Fíjate en la gráfica de barras. ¿Cómo está evolucionando la población europea respecto al total mundial?

3. Observa el mapa de densidad de población en Europa. ¿Dónde se localizan las principales densidades de población? ¿Por qué crees que esto es así?

4. Anota en tu cuaderno el nombre de los países europeos en los que la densidad de población sea más baja. ¿Cuáles serán las razones para que estén tan poco poblados?

La población en España

La población española presenta una **distribución espacial irregular**:

- La **zona centro**, que se corresponde con la Meseta. Es una zona con **baja densidad de población**. Las excepciones son Madrid y el valle del Ebro y del Guadalquivir.
- Las **zonas del litoral**. La población presenta **densidades muy altas**. Destacan Gipuzkoa y Bizkaia, Barcelona, la Comunidad Valenciana y la Costa del Sol, en Andalucía.

El crecimiento de la población en España, como en los demás países desarrollados, es un crecimiento lento, debido a la constante caída de la natalidad y al **envejecimiento de la población**. En el futuro, el porcentaje de población anciana seguirá creciendo.

EL ENVEJECIMIENTO

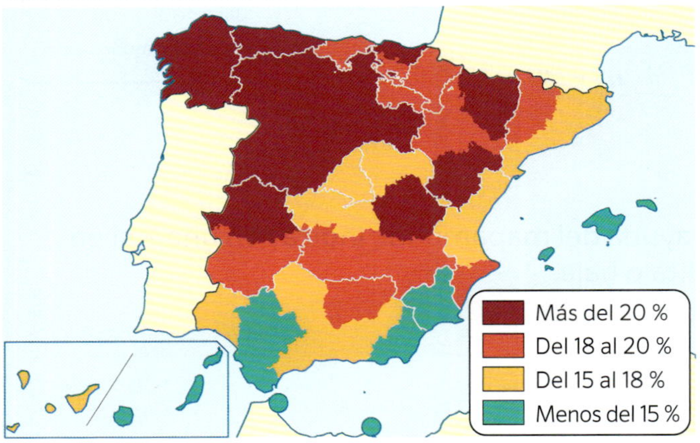

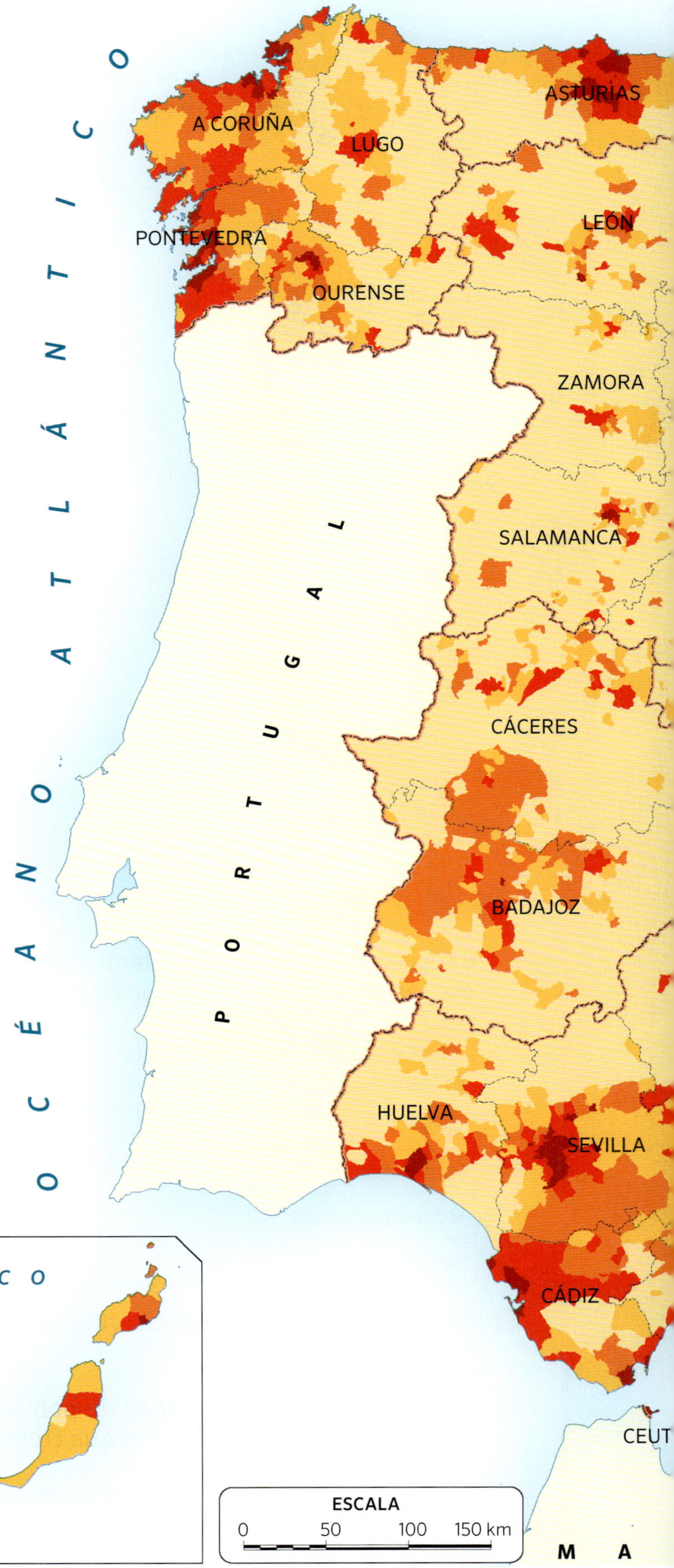

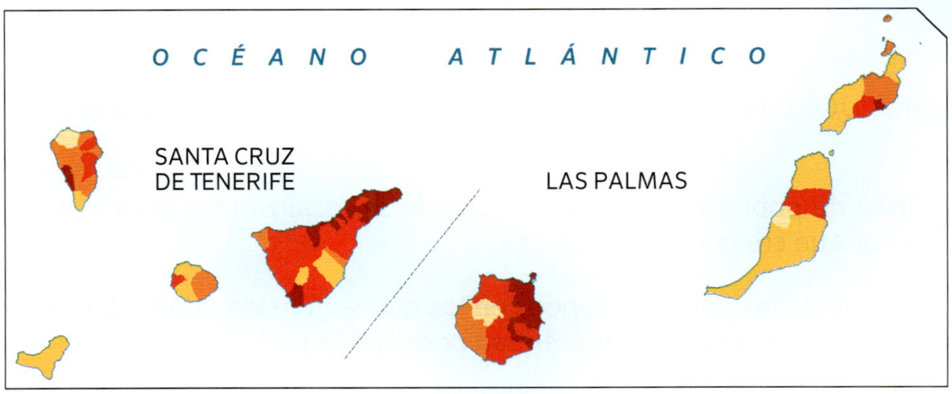

DENSIDAD DE POBLACIÓN

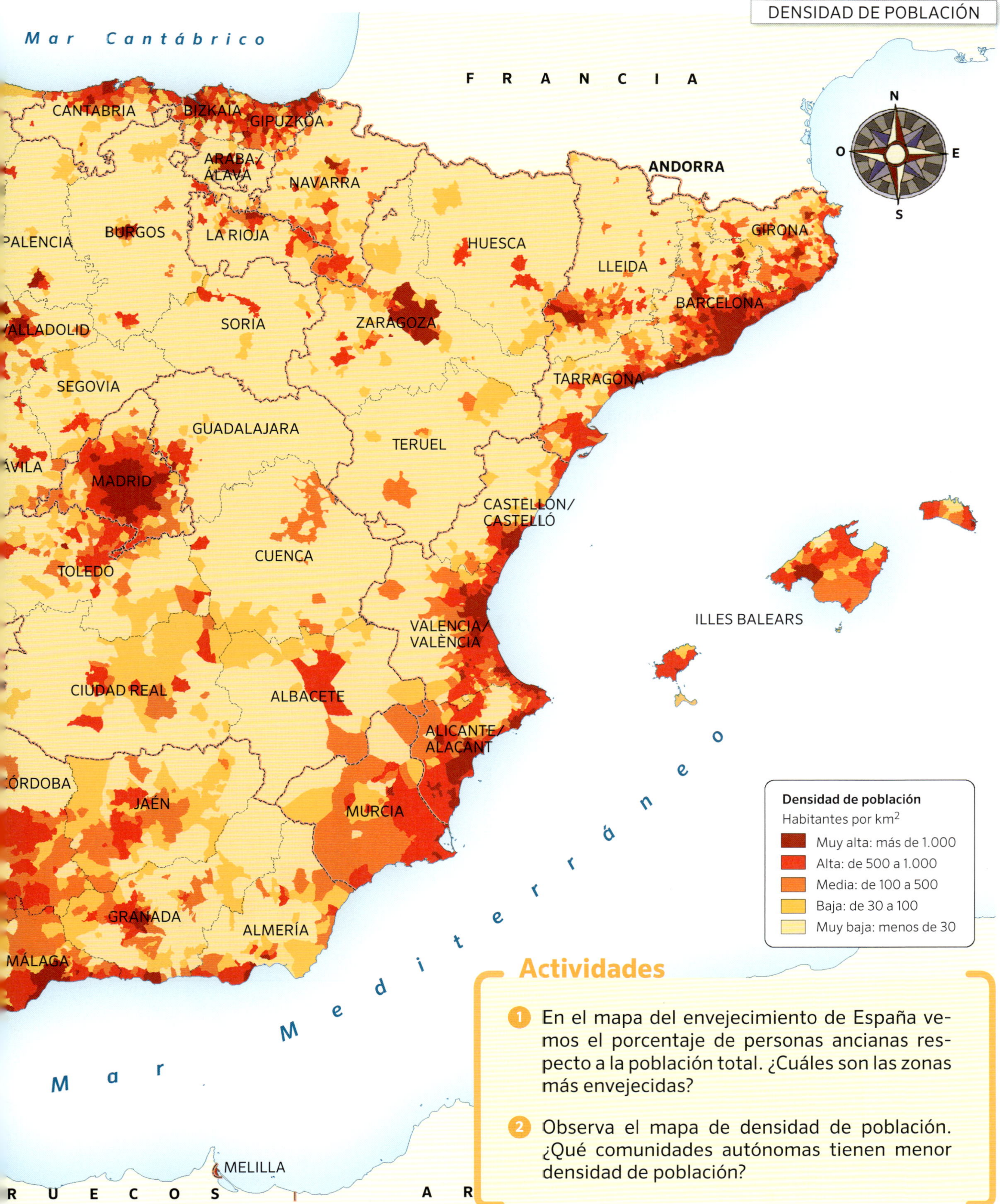

Actividades

1. En el mapa del envejecimiento de España vemos el porcentaje de personas ancianas respecto a la población total. ¿Cuáles son las zonas más envejecidas?

2. Observa el mapa de densidad de población. ¿Qué comunidades autónomas tienen menor densidad de población?

La población en Extremadura

La población de Extremadura es de casi 1.100.000 habitantes. Esta población está muy desigualmente repartida por la región.

La provincia más poblada es **Badajoz**. La ciudad más poblada de toda la comunidad es Badajoz, con 150.000 habitantes. El resto de ciudades está por debajo de los 100.000 habitantes.

La ciudad de Cáceres, capital de la provincia del mismo nombre, tiene cerca de 96.000 habitantes. Por su parte, la ciudad de Mérida, capital de la comunidad autónoma situada en la provincia de Badajoz, tiene casi 60.000 habitantes.

La población extremeña tiene un carácter fundamentalmente **rural**.

Históricamente, Extremadura ha sido una zona de **fuerte emigración**, lo que ha provocado una pérdida importante de población y un envejecimiento de esta. En los últimos años se ha reducido esta tendencia y se observa un retorno de los emigrantes a la región.

Datos demográficos en Extremadura

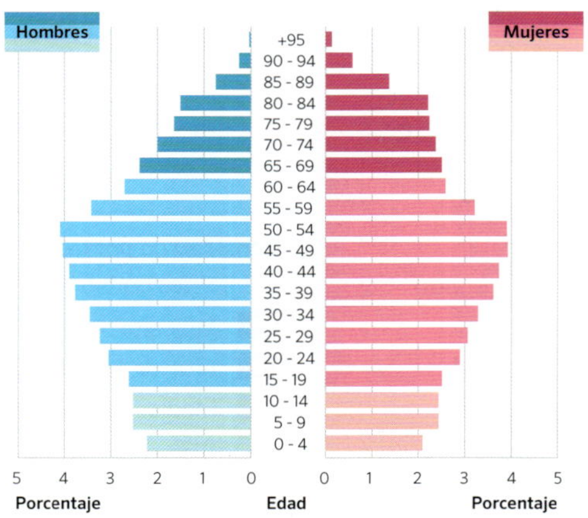

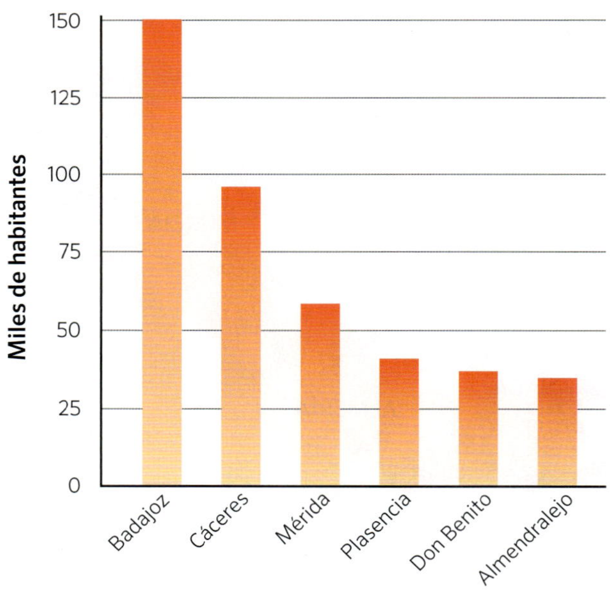

Provincias	Superficie	Población
Cáceres	19.868 km²	408.703
Badajoz	21.766 km²	692.137

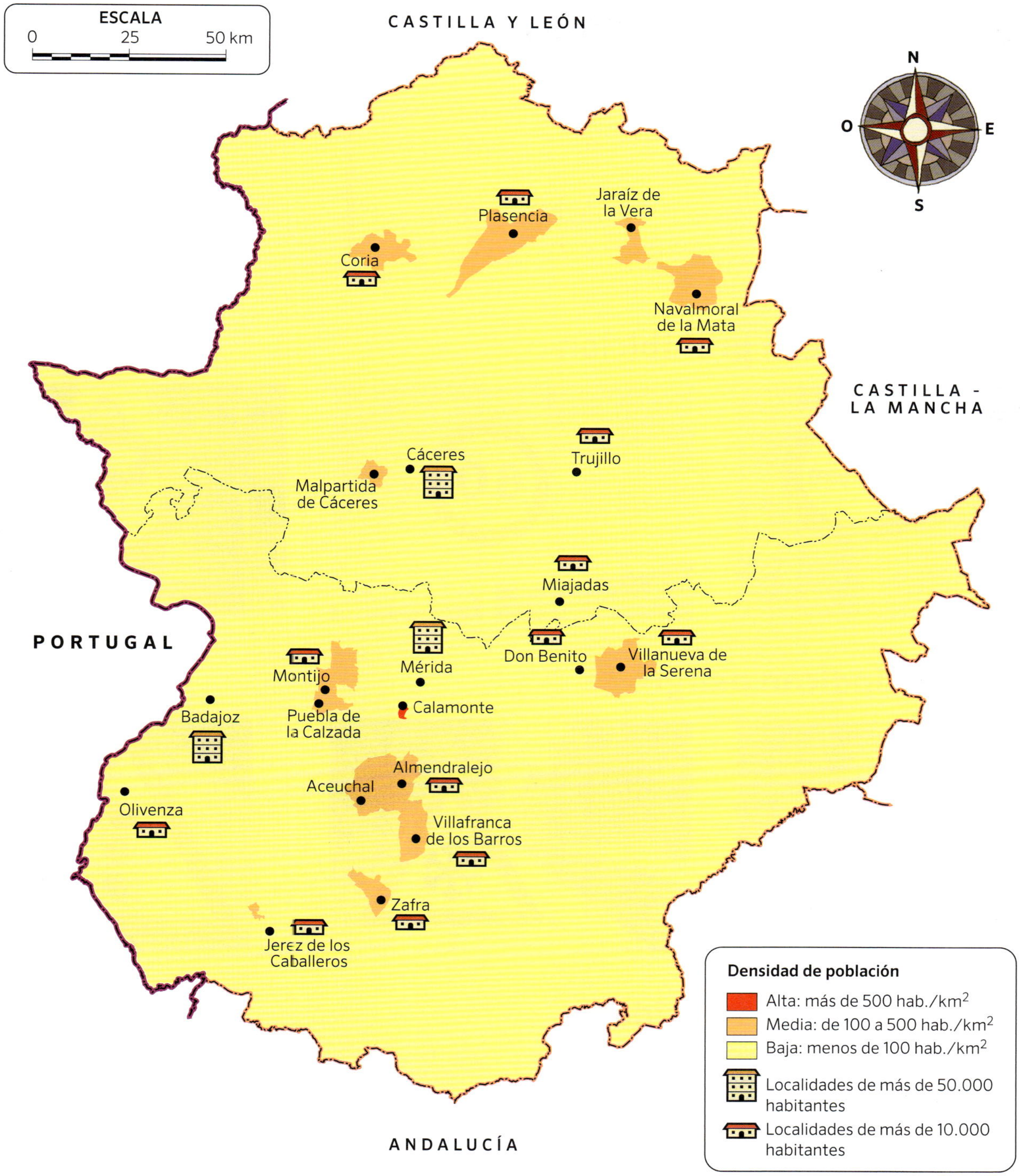

Actividades

1. Enumera las características principales que tiene la población de nuestra región.
2. Explica las consecuencias que ha tenido para la población extremeña la fuerte emigración que ha vivido en el pasado.
3. Observa el mapa y anota en tu cuaderno las localidades extremeñas situadas entre los 50.000 y los 10.000 habitantes.
4. En la pirámide de población, ¿qué grupo de edad tiene mayor número de personas en el caso de los hombres? ¿Y en el caso de las mujeres?

La buena ciudadanía: educación vial

Por las calles y autovías se observan una gran cantidad de **señales y carteles** necesarios para la circulación segura de los conductores y los peatones.

En función de sus colores y formas, pueden indicar prohibición, obligación, indicación, prioridad, etc.

Señales que indican prohibición

Señales que indican peligro

Señales que indican prioridad

Actividades

1. ¿Qué tipo de prohibición, peligro o indicación de prioridad puedes ver en cada señal de tráfico aquí reproducida?.

2. ¿Qué consecuencias crees que puede tener no respetar estas señales? Anota una consecuencia negativa en cada caso.

La buena ciudadanía: conservación del patrimonio

Conocer nuestro pasado es muy importante para poder entender el presente. Para saber cómo eran y vivían las personas de otras épocas, podemos visitar los museos y monumentos, leer textos escritos o, si es un pasado no muy lejano, consultar a personas mayores sobre sus recuerdos.

Todos estos medios son las fuentes para conocer nuestro **patrimonio cultural e histórico**, y tienen un enorme valor.

Además, existe un **patrimonio natural**, que también es fundamental para la continuidad de nuestro desarrollo en la Tierra.

1. En los museos debemos respetar los objetos por el valor que tienen para la humanidad.

2. Algunos monumentos resisten desde hace siglos. Debemos cuidarlos para otras generaciones.

3. Los textos históricos forman parte del patrimonio cultural de nuestras sociedades.

4. La conservación del patrimonio natural afecta a todos los ciudadanos del planeta.

Actividades

1. ¿Por qué es necesario conservar el patrimonio histórico, artístico y natural? Debatid vuestras respuestas en clase.
2. Indica algún ejemplo de patrimonio cultural y natural de la localidad en la que vives.

Las migraciones históricas y actuales

Las migraciones son los movimientos de la población sobre un territorio.

En los últimos años, **España** se ha convertido en un destino importante de la población que emigra de sus países.

El origen de las personas que han llegado a nuestro país proviene del este de Europa, de América Central y del Sur, y del norte de África.

- Esta población inmigrante se ha dirigido a las **grandes ciudades**, donde trabajan en la construcción y en el sector servicios.
- También ha sido numerosa la emigración hacia **zonas rurales**, donde trabajan en actividades agrícolas.

LA EMIGRACIÓN ESPAÑOLA A LO LARGO DE LA HISTORIA

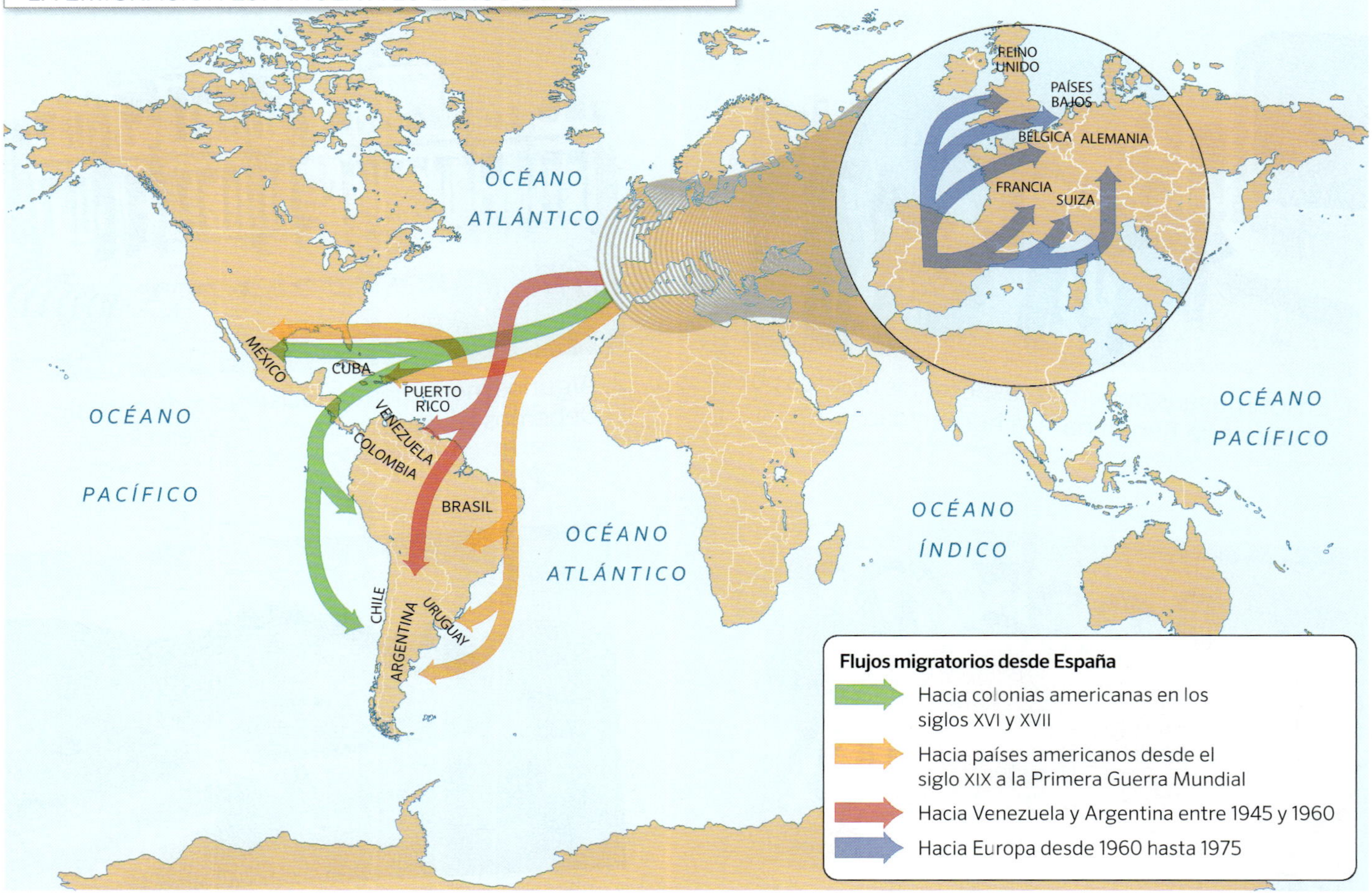

En los siglos XVI y XVII hubo una elevada emigración de españoles a las colonias americanas.

Pese a la independencia, la existencia de conflictos y el hambre causaron una elevada cifra de emigrantes a América.

En la segunda mitad del siglo XX, durante el franquismo, muchos españoles emigraron a otros países de Europa.

En la actualidad, los principales **territorios a los que se dirige la inmigración** son:

- **Estados Unidos**, cuyos inmigrantes proceden especialmente del resto del continente americano.
- La **Unión Europea**, que recibe inmigrantes de Europa oriental y del resto de continentes.

LOS MOVIMIENTOS MIGRATORIOS EN EL MUNDO

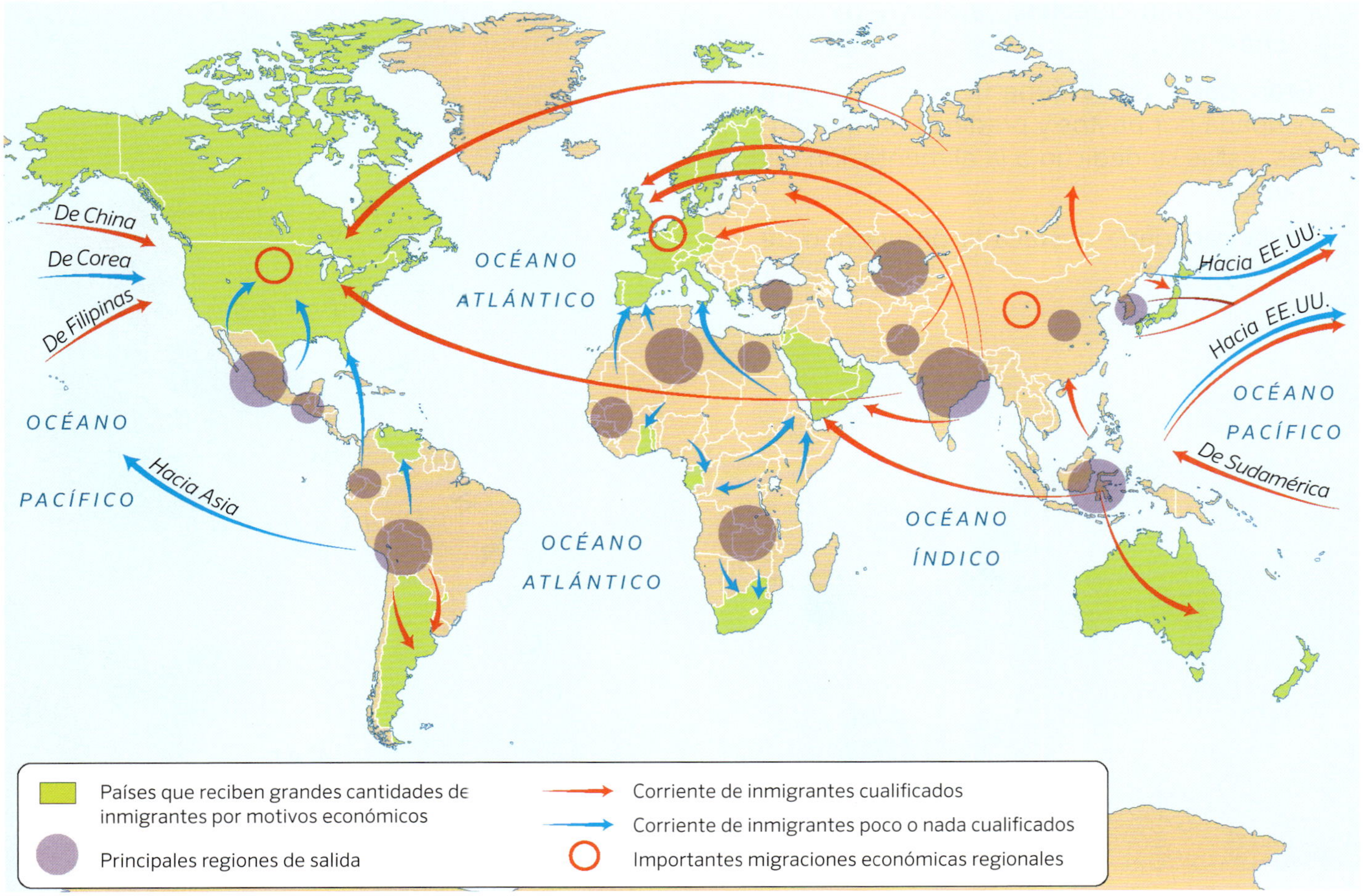

Actividades

1. ¿A qué llamamos migraciones?
2. ¿Cuáles son las principales zonas donde se dirige la población inmigrante en el mundo?
3. ¿De dónde proceden los inmigrantes que han llegado a nuestro país en los últimos años?
4. ¿A dónde se dirige la emigración en la primera mitad del siglo XX?
5. En la segunda mitad del siglo XX, ¿a qué países europeos se dirigieron los emigrantes españoles?

El sector primario en la Europa actual

La agricultura y la ganadería están muy tecnificadas. El porcentaje de trabajadores se ha reducido mucho en beneficio de otros sectores económicos.

- En el **sur de Europa** se cultivan cereales, vid y olivo. En algunas zonas de regadío, se cultivan hortalizas y frutales.
- En los **países de la Gran Llanura Europea** se cultivan cereales, patatas y remolachas.

Gran parte de la superficie agraria está ocupada por pastos y praderas permanentes. Estas se dedican a la alimentación del ganado.

En la ganadería destaca la producción de carne y leche.

Agricultura mecanizada.

Ganadería extensiva.

AGRICULTURA Y GANADERÍA EN EUROPA

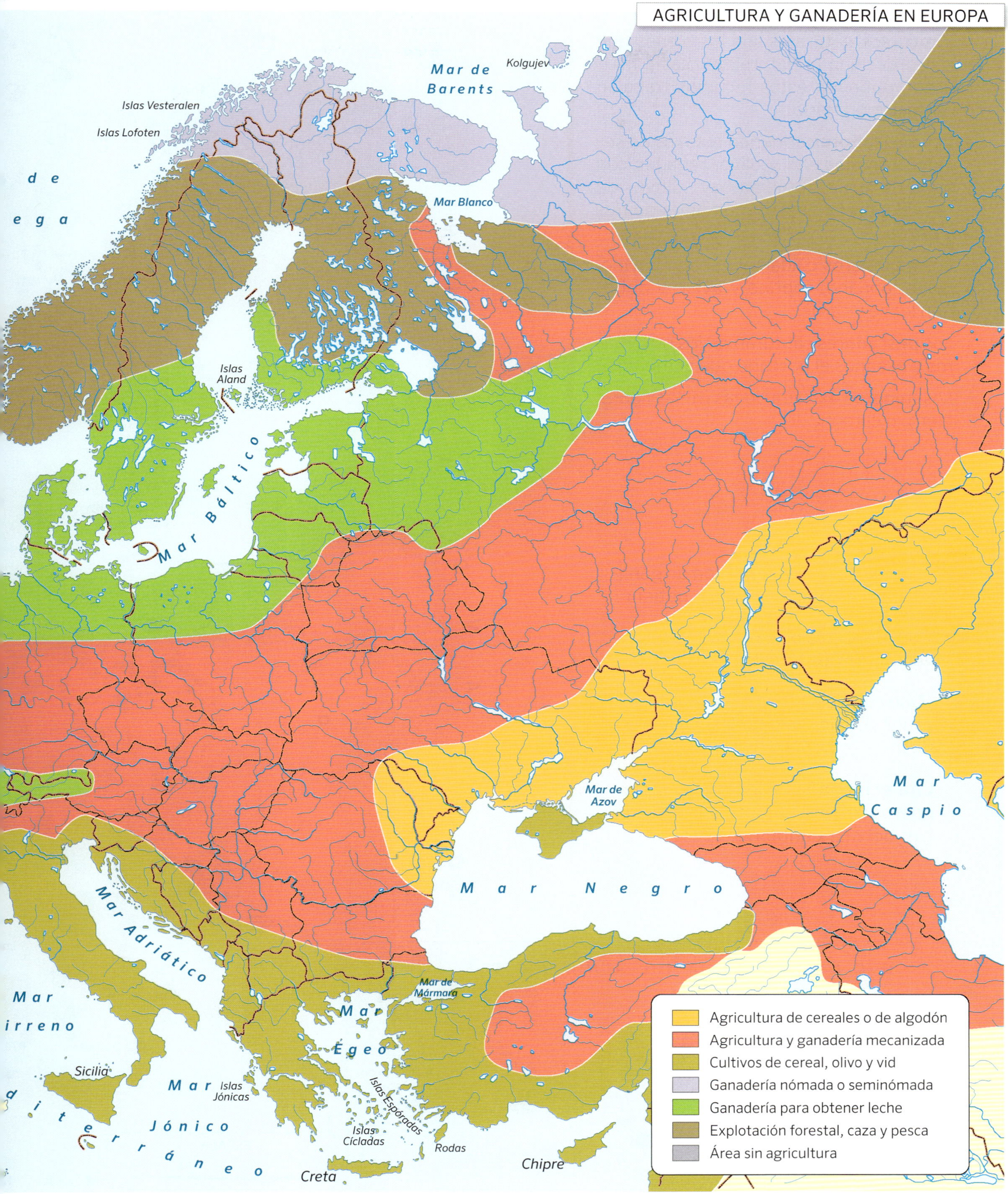

El sector primario en España

Los **recursos naturales** son los bienes que nos proporciona la naturaleza. Las personas que obtienen estos recursos trabajan en el sector primario.

- Los **agricultores** obtienen cultivos de secano: cereales, vid y olivo, regados con agua de lluvia. También hay cultivos de regadío: hortalizas, usando agua de ríos y pozos.
- Los **ganaderos** cuidan el ganado bovino, ovino, porcino, caprino y aviar, y obtienen leche y carne.
- Los **pescadores** capturan en los ríos, mares y océanos el pescado que comemos.
- Los **mineros** extraen de las minas cobre, hierro o carbón.

Actividades

1. Observa el mapa. ¿Qué tipo de ganado hay en el norte? ¿Qué se obtiene?
2. ¿En qué zonas predominan los aprovechamientos forestales?
3. ¿Qué cultivos son de regadío y de secano? ¿Cuáles hay en las islas Canarias?
4. Cita el nombre de tres puertos pesqueros del mar Mediterráneo y otros tres del mar Cantábrico.

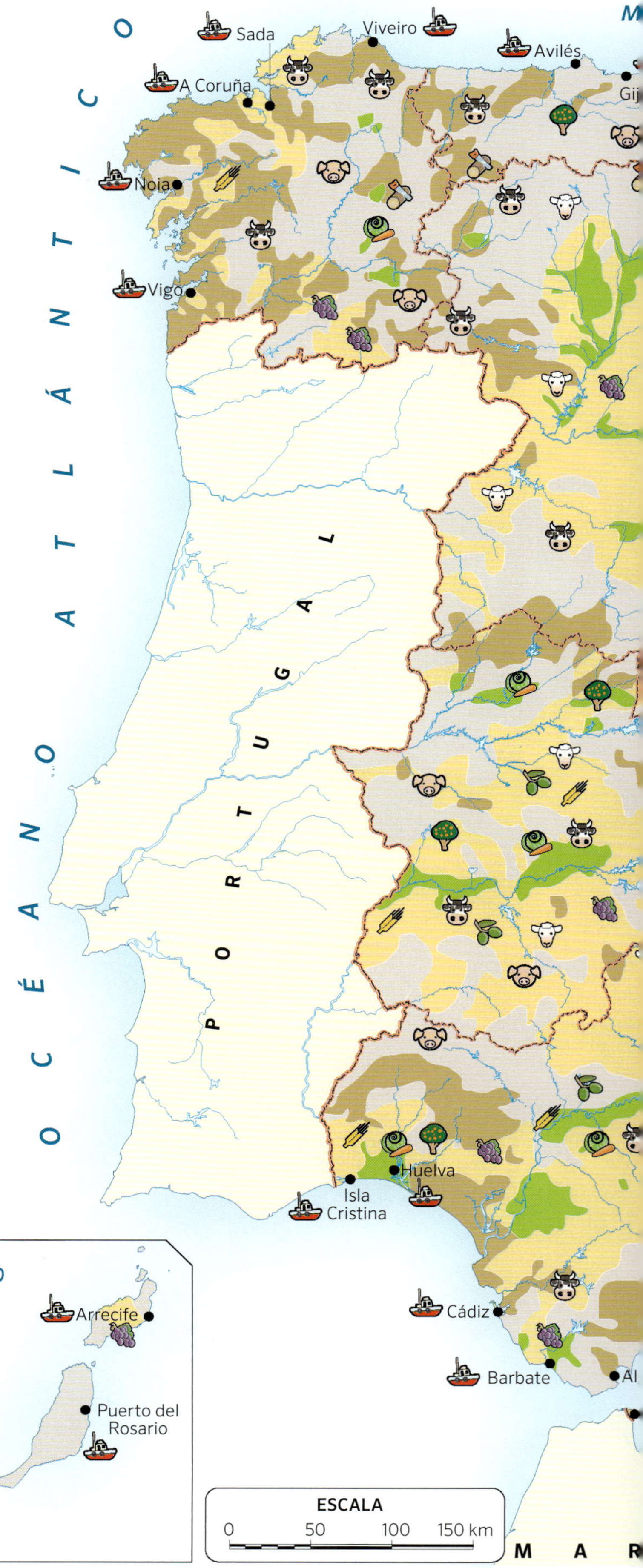

Cantábrico
Ondarroa
Santander
Bermeo
Getaria
Hondarribia
Santoña
Pasaia
Zumaia
FRANCIA
ANDORRA
N
O
E
S
Roses
Arenys de Mar
Barcelona
Vilanova i la Geltrú
Tarragona
Sant Carles de la Rápita
Vinaròs
Castellón de la Plana/
Castelló de la Plana
Maó
Palma
de Mallorca
Ibiza
Alicante/
Alacant
Torrevieja
Murcia
Garrucha
Almería
Adra
Málaga
Mar Mediterráneo
Melilla
UECOS
ARGELIA
Usos del suelo
Forestal arbolado
Cultivos de regadío
Cultivos de secano
Otros aprovechamientos
Aprovechamiento forestal
Puertos pesqueros
Principales cultivos
Cereal
Viñedo
Olivar
Hortalizas
Frutales
Frutos tropicales
Ganadería
Bovina
Ovina
Porcina

El sector primario en Extremadura

El **sector primario extremeño** incluye actividades agrarias (agricultura y ganadería) y otras ligadas a los recursos naturales, como la explotación forestal.

- La **agricultura** en Extremadura está condicionada por los suelos, poco favorables al cultivo, y las condiciones climáticas, con precipitaciones irregulares. Aun así, en el paisaje agrario extremeño hallamos cultivos de secano, de regadío y dehesa.

  En la provincia de Badajoz destacan los cultivos de cereales, vid, olivo, tomates y arroz. En la provincia de Cáceres predominan los prados naturales, el cultivo del tabaco y los árboles frutales.

- La **ganadería** en la región es fundamentalmente de tipo extensivo, es decir, los animales pastan en forma semilibre por extensos pastos y el rendimiento es limitado, pero respetuoso con el medioambiente. En las dehesas se crían animales, pero también se obtienen beneficios agrícolas y forestales.

  Predominan las razas de ganado autóctonas, como la oveja merina y el cerdo ibérico. Esto ha propiciado la comercialización de productos elaborados de gran calidad.

- Los **recursos forestales**, además de los rendimientos en las dehesas, se orientan a la producción de corcho y leña.

Actividades

1. Fíjate en las fotografías e indica qué actividades del sector primario en Extremadura muestran.

A

C

B

D

2. ¿Con qué tipo de industria está asociado el cultivo de olivos? ¿Y el de cerezos?
3. Explica las características de la ganadería en Extremadura.
4. Busca información y elabora un pequeño informe de la industria del corcho en la región.

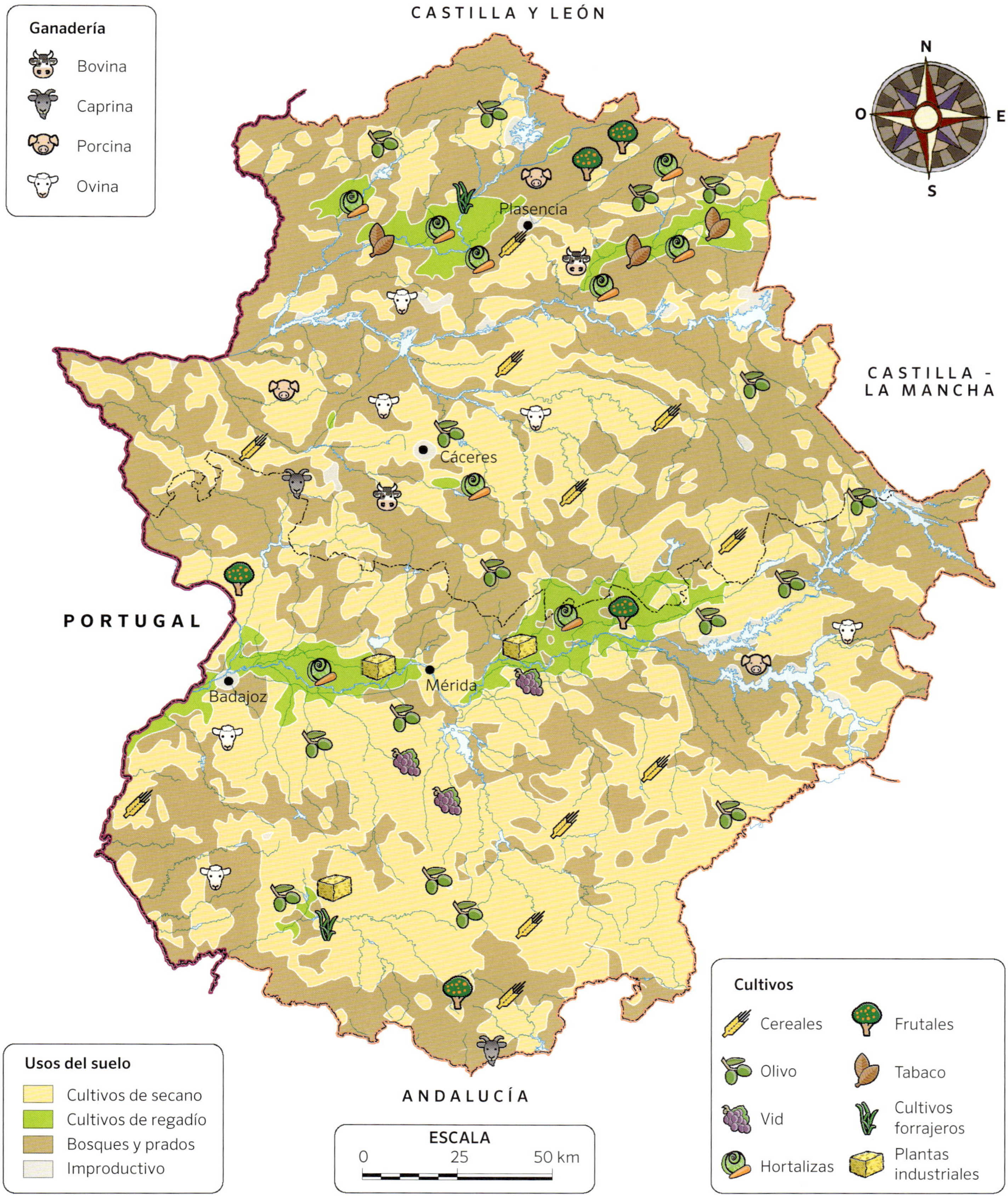

Ganadería
Bovina
Caprina
Porcina
Ovina
CASTILLA Y LEÓN
N
O
E
S
Plasencia
CASTILLA - LA MANCHA
Cáceres
PORTUGAL
Badajoz
Mérida
ANDALUCÍA
Usos del suelo
Cultivos de secano
Cultivos de regadío
Bosques y prados
Improductivo
ESCALA
0
25
50 km
Cultivos
Cereales
Frutales
Olivo
Tabaco
Vid
Cultivos forrajeros
Hortalizas
Plantas industriales

El sector secundario en Europa

A este sector pertenecen los trabajadores de la **industria** y de la **construcción**.

La Unión Europea es **una de las regiones más industrializadas del mundo**. Se concentra sobre todo en Alemania, noreste de Francia, sur de Gran Bretaña y norte de Italia.

Son regiones que cuentan con una buena red de transporte y con mano de obra muy cualificada.

La Unión Europea produce principalmente productos de los sectores químico, farmacéutico, maquinaria y equipos de transporte.

Concentración industrial en Alemania.

Actividades

1. ¿A qué sector económico pertenecen los trabajadores de la construcción?
2. ¿En qué regiones europeas se concentra la producción industrial?
3. ¿Cuáles son los productos industriales más destacados que se fabrican en la Unión Europea?
4. Observa el mapa. ¿En qué mar hay abundancia de petróleo y gas natural?
5. ¿En qué zonas de España predomina la industria de alta tecnología?

ESCALA
0
250
500
750 km
N
O
E
S
Mar de Barents
Mar Blanco
SUECIA
FINLANDIA
NORUEGA
FEDERACIÓN RUSA
Helsinki
Oslo
Estocolmo
San Petersburgo
Tallín
ESTONIA
Gotemburgo
LETONIA
Riga
DINAMARCA
Copenhague
Moscú
LITUANIA
Mar Báltico
Hamburgo
Minsk
Berlín
POLONIA
BIELORRUSIA
Varsovia
Kiev
Praga
REP. CHECA
UCRANIA
ESLOVAQUIA
Múnich
Viena
AUSTRIA
Budapest
HUNGRÍA
MOLDAVIA
Mar Caspio
ESLOVENIA
RUMANÍA
CROACIA
Belgrado
Bucarest
Mar Negro
GEORGIA
BOSNIA HERZEGOVINA
SERBIA
AZERBAIYÁN
Mar Adriático
BULGARIA
ARMENIA
ITALIA
MONTENEGRO
Sofía
Roma
ALBANIA
MACEDONIA
Estambul
Ankara
Nápoles
Mar Tirreno
GRECIA
TURQUÍA
Mar Jónico
Atenas
Sicilia
Mar Mediterráneo
Creta
Nicosia
MALTA
CHIPRE
Áreas industriales en expansión
Petróleo
Gas natural
Hierro
Madera

El sector secundario en España

España es uno de los países más industrializados del mundo.

En la actualidad, existen diversos espacios industriales:

- Las **industrias tradicionales** son: siderurgia, confección, calzado y mueble. Utilizan gran cantidad de recursos naturales y mano de obra poco cualificada.
- Las **industrias de alta tecnología** son: farmacéutica, informática y electrónica. Están dominadas por empresas multinacionales. Su mano de obra es muy cualificada.

Actividades

1. Observa el mapa. ¿Dónde hay más centrales hidroeléctricas? ¿Por qué?
2. ¿Dónde predomina la industria alimentaria? ¿Cuál es la razón?
3. ¿En qué regiones existen zona mineras? ¿Y las industriales?
4. Responde si son verdaderas o falsas.
   a) La mano de obra de las industrias de alta tecnología es poco cualificada.
   b) La industria del mueble es una industria tradicional.
   c) La industria siderúrgica está dominada por empresas multinacionales.
   d) España es uno de los países más industrializados del mundo.

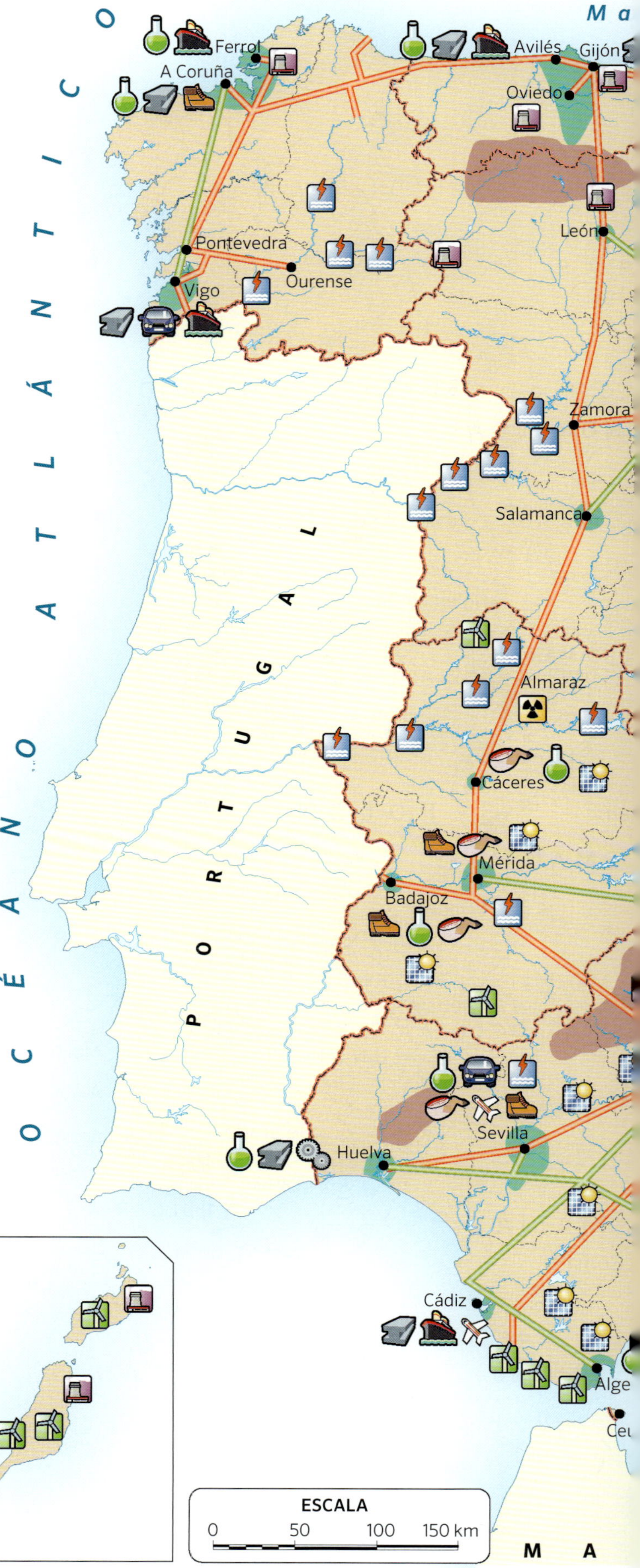

Cantábrico
FRANCIA
ANDORRA
N
O
E
S
Santander
Bilbao
Donostia-San Sebastián
Vitoria-Gasteiz
Pamplona/Iruña
Sabiñánigo
Logroño
Burgos
Palencia
Valladolid
Soria
Zaragoza
Lleida
Girona
Sabadell
Barcelona
Tarragona
Ascó I y II
Vandellós II
Trillo
Guadalajara
Madrid
José Cabrera
Teruel
Toledo
Castellón de la Plana/
Castelló de la Plana
Palma de Mallorca
Valencia
Cofrentes
Ciudad Real
Puertollano
Alicante/
Alacant
Córdoba
Linares
Murcia
Jaén
Escombreras
Cartagena
Granada
Almería
Málaga
Melilla
Mar Mediterráneo
RUECOS
ARGELIA
Industria
Química
Metal
Maquinaria
Automóvil
Alimentación
Naval
Aeronáutica
Textil y calzado
Energía
Nuclear
Térmica
Eólica
Hidráulica
Solar
Oleoducto
Gasoducto
Zonas
Mineras
Industriales

El sector secundario en Extremadura

El **sector secundario** está formado sobre todo por la industria, que transforma los recursos naturales en productos manufacturados.

Otras actividades relacionadas con el sector secundario son la metalurgia, la minería, la producción de energía y la construcción.

En Extremadura, el sector secundario **no está muy desarrollado**. Los principales centros industriales se localizan en las localidades más importantes: Badajoz, Cáceres, Mérida, Plasencia y Villanueva de la Serena-Don Benito.

Los **sectores industriales** más importantes de Extremadura son: la producción de electricidad, a través de sistemas tradicionales y de energías renovables; la industria agroalimentaria, especialmente la industria de conservas vegetales, cárnicas y lácteas; la industria ligada al tabaco, la industria del corcho y la industria química.

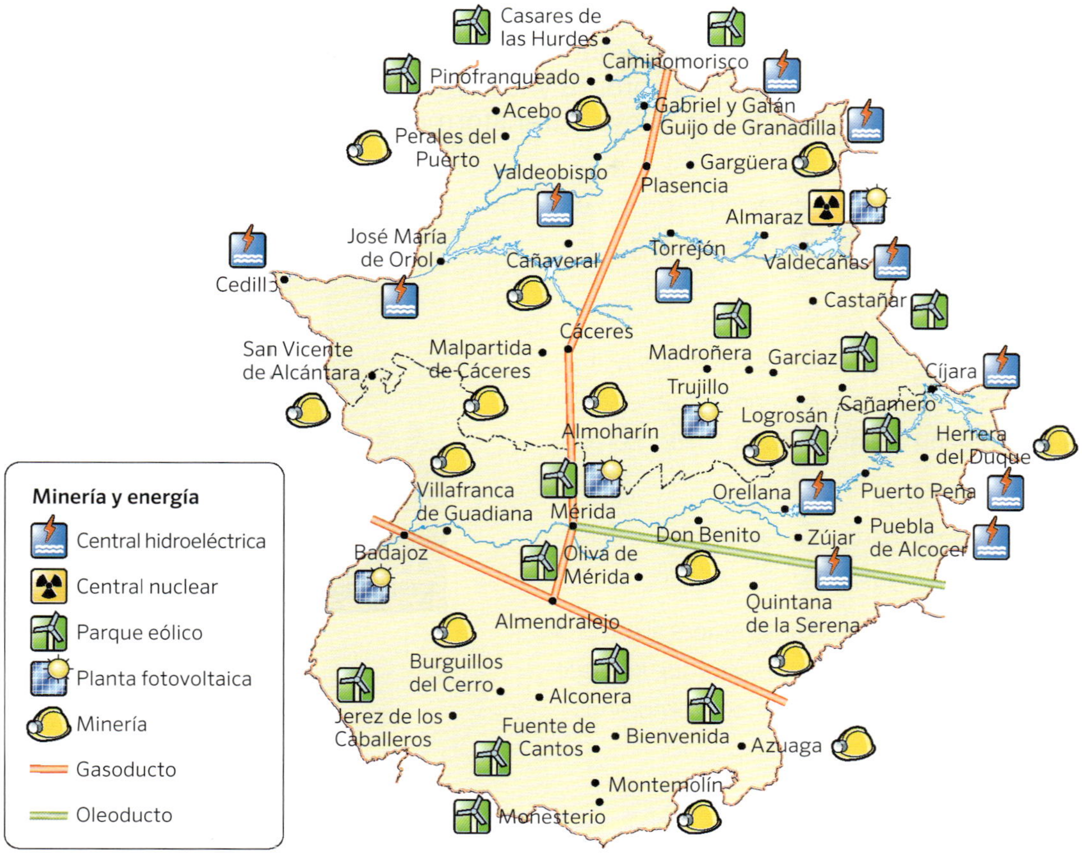

Actividades

1. Relaciona cada una de las fotografías de esta página con el tipo de actividad del sector secundario que hay en Extremadura.

A 

B 

C 

D 

2. La industria agroalimentaria fabrica una gran cantidad de productos. Indica el nombre de cinco de ellos y explica cuál es su origen.

3. Observa el mapa de la página anterior y responde a las preguntas:
   a) ¿Dónde se localizan las principales áreas industriales?
   b) ¿Qué tienen en común una mayor densidad de población y el desarrollo industrial?

4. Con la ayuda del mapa físico de la página 17, relaciona la presencia de centrales hidroeléctricas y de parques eólicos con el tipo de relieve.

El sector terciario: el comercio

El comercio es la actividad económica que consiste en el intercambio de bienes y servicios. Este intercambio se realiza mediante la compra y la venta de esos bienes y servicios, que pueden ser usados directamente, vendidos de nuevo o transformados en otros productos.

¿Qué es importar? ¿Qué es exportar?

Cuando hablamos de importar nos referimos a la acción de introducir en un país, o en varios pertenecientes a una misma organización (como la Unión Europa), productos comprados a otros países.

Generalmente, se importa todo aquello que ese país no posee y necesita.

Por su parte, la acción de exportar se refiere al envío de ciertos productos a todos aquellos países que los necesitan y que están dispuestos a pagar por comprarlos.

El comercio en la UE

La Unión Europea es el principal exportador mundial de bienes y servicios. Los principales socios comerciales de la Unión Europea son Estados Unidos, China y Rusia, aunque hay otro centenar de países a los que exporta sus productos.

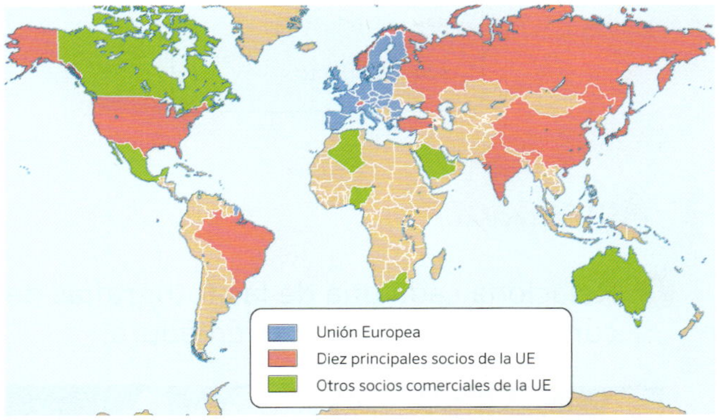

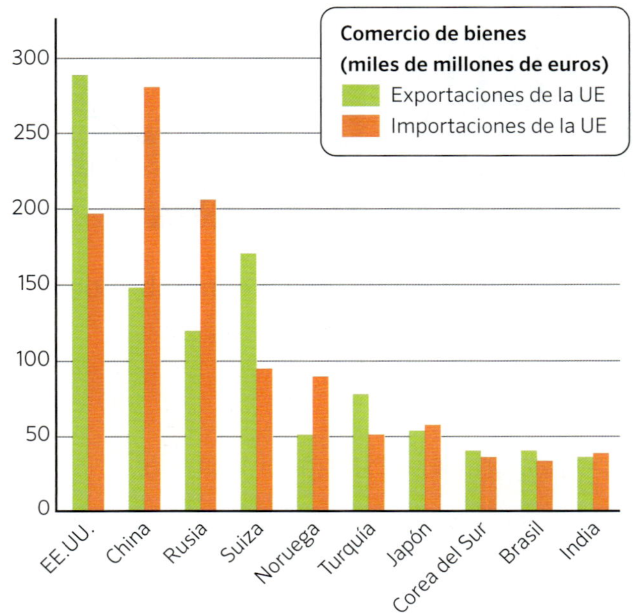

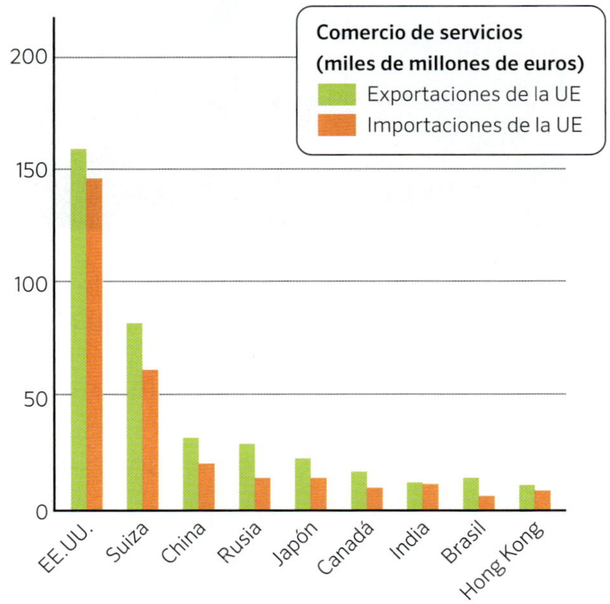

El comercio en España

Las principales exportaciones españolas corresponden a las ventas del automóvil, de frutas y hortalizas, y de textil. Los aparatos eléctricos y los medicamentos completan la lista de sectores que concentran casi el 40 % de las ventas al exterior.

Las importaciones muestran la importancia de las compras del petróleo y sus derivados. Algunos de los bienes más comprados (automóviles y parte de sus componentes, textiles, plásticos, medicamentos o maquinaria) están también entre los más vendidos.

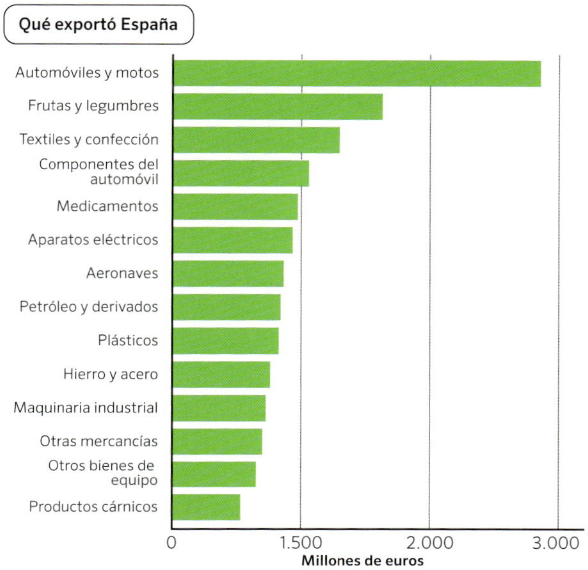

La importancia de un comercio justo

Desde hace unos años, la actividad comercial de algunos países tiene en cuenta algo muy importante: el acuerdo entre quien compra y quien vende bienes y servicios debe realizarse de manera que ambas partes se beneficien, pero sobre todo el país menos desarrollado y sus habitantes.

Por eso la Unión Europea, y sus países miembros por separado, intentan no solo crear empleo y crecimiento económico en sus territorios, sino que buscan ayudar a las personas que viven en los países más pobres con los que se comercia.

Además, algunos países tienen en cuenta al comerciar que no todo vale, y que es necesario proteger el medioambiente, mejorar las condiciones laborales y garantizar que los productos que compramos y vendemos sean sanos y seguros.

Actividades

1. Explica qué es el comercio y cuál es la diferencia entre importar y exportar.
2. Observa el mapa y las gráficas de la página anterior y responde a las siguientes preguntas.
   - ¿Quiénes son los principales socios comerciales de la Unión Europea?
   - ¿Qué es lo más importante en la UE, los bienes o los servicios?
   - ¿Hay países europeos con los que comercia la Unión Europea? Explica por qué.
3. Indica qué cinco productos principales exporta España. Señala los cinco primeros productos que importa. ¿Hay alguno que se repite? Debatid en clase las razones.
4. ¿Por qué consideras necesario que el comercio entre países debe ser justo?

El sector terciario: el turismo en España

El turismo es una de las actividades más importantes dentro del sector servicios.

La actividad turística puede ser **nacional**, si los viajeros se desplazan dentro del propio país; o **internacional**, si traspasan las fronteras del país.

Los principales **tipos de actividades turísticas** son:

- Turismo de **sol y playa**.
- Turismo de **montaña** y esquí.
- Turismo **cultural**, monumentos y Camino de Santiago.
- Turismo **rural**.
- Turismo de **negocios**, en las ciudades.

Actividades

1. Observa el mapa. ¿Qué ciudades están comunicadas por el tren de alta velocidad?
2. Pon un ejemplo de ciudades relacionadas con cada tipo de turismo.
   a) Turismo de sol y playa.
   b) Turismo de montaña.
   c) Turismo cultural.
   d) Turismo de negocios.
3. ¿Qué tipos de turismo pueden practicarse en tu provincia?

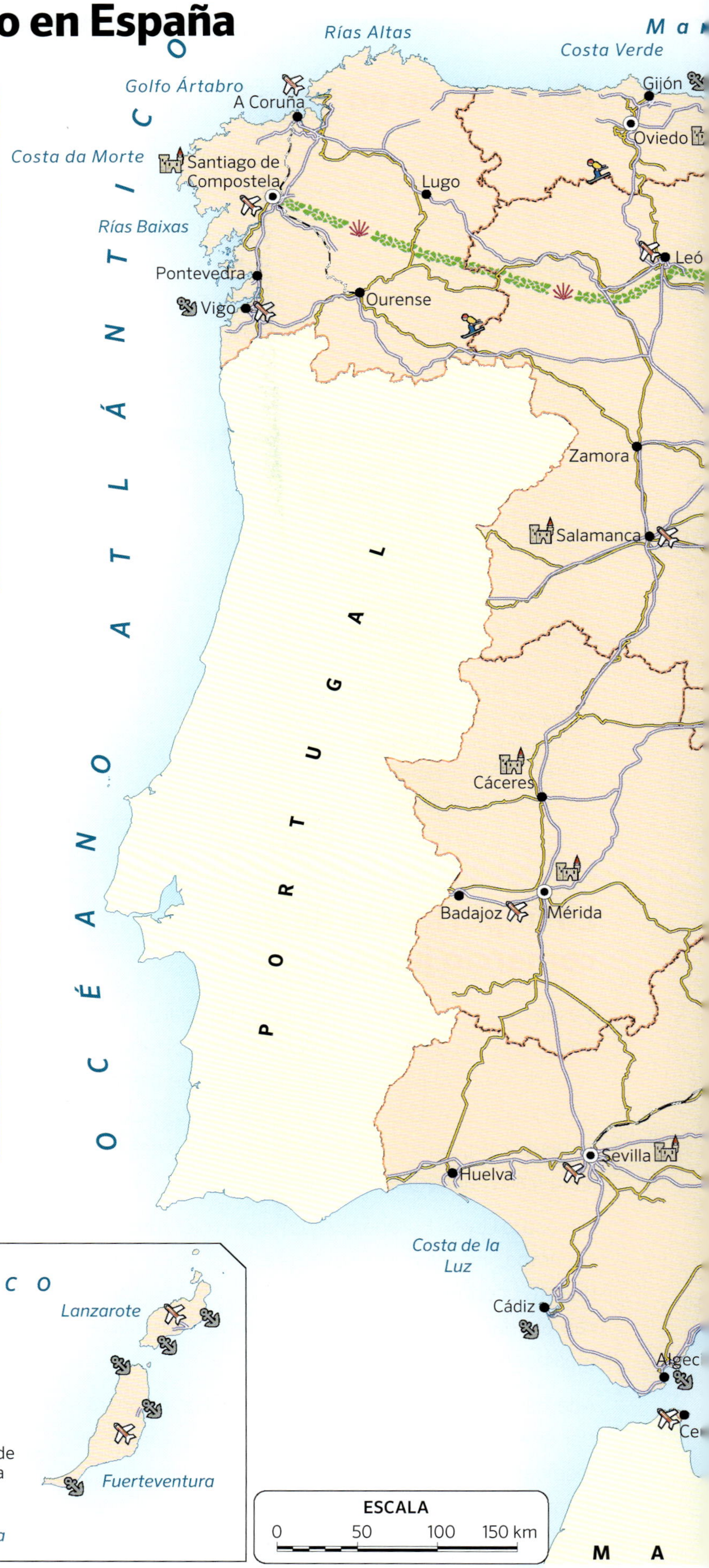

Cantábrico
Costa de Cantabria
Costa Vasca
Santander
Bilbao
Donostia-San Sebastián
FRANCIA
ANDORRA
N
O
E
S
Vitoria-Gasteiz
Pamplona/Iruña
Logroño
Burgos
Huesca
Girona
Costa Brava
Palencia
Soria
Valladolid
Zaragoza
Lleida
Barcelona
Costa del Maresme
Tarragona
Costa Garraf
Segovia
Ávila
Costa Dorada
Guadalajara
El Escorial
Madrid
Alcalá de Henares
Teruel
Menorca
Costa Azahar
Mallorca
Aranjuez
Cuenca
Castellón de la Plana/
Castelló de la Plana
Toledo
Palma de Mallorca
Valencia
Costa de Valencia
Ibiza
Ciudad Real
Albacete
Formentera
Vías de comunicación y transporte
Autopistas
Ferrocarril
Ferrocarril de alta velocidad
Aeropuerto
Puerto
Turismo
Turismo de montaña
Tenerife Turismo de sol y playa
Turismo cultural
Camino de Santiago
Alicante/Alacant
Córdoba
Úbeda
Murcia
Costa Blanca
Jaén
Costa Cálida
Granada
Costa de Almería
Almería
Málaga
Costa Tropical
Costa del Sol
Mar Mediterráneo
Melilla
UECOS
ARGELIA

Los retos del mundo en el siglo XXI

La intensificación de las actividades económicas y el consumo provocan un gran impacto de la actividad humana sobre el **medioambiente**.

- La erosión y el agotamiento del suelo cultivable dan lugar a un proceso de **desertificación**.
- También, los residuos originados por la actividad humana producen un aumento de la **contaminación** del aire, del agua y del suelo.

Por otro lado, el mundo actual presenta **grandes desigualdades**. La pobreza y el hambre son uno de los fenómenos más extendidos.

- La **pobreza** supone la falta de recursos para satisfacer las necesidades básicas de las personas, como la alimentación, la salud y la educación.
- Respecto al **hambre**, la mayor parte de la población desnutrida vive en países poco desarrollados.

La solución a estas desigualdades exige avanzar hacia un comercio más justo y un reparto equitativo de todos los recursos.

Los efectos de la acción humana provocan desertificación, hambre y pobreza.

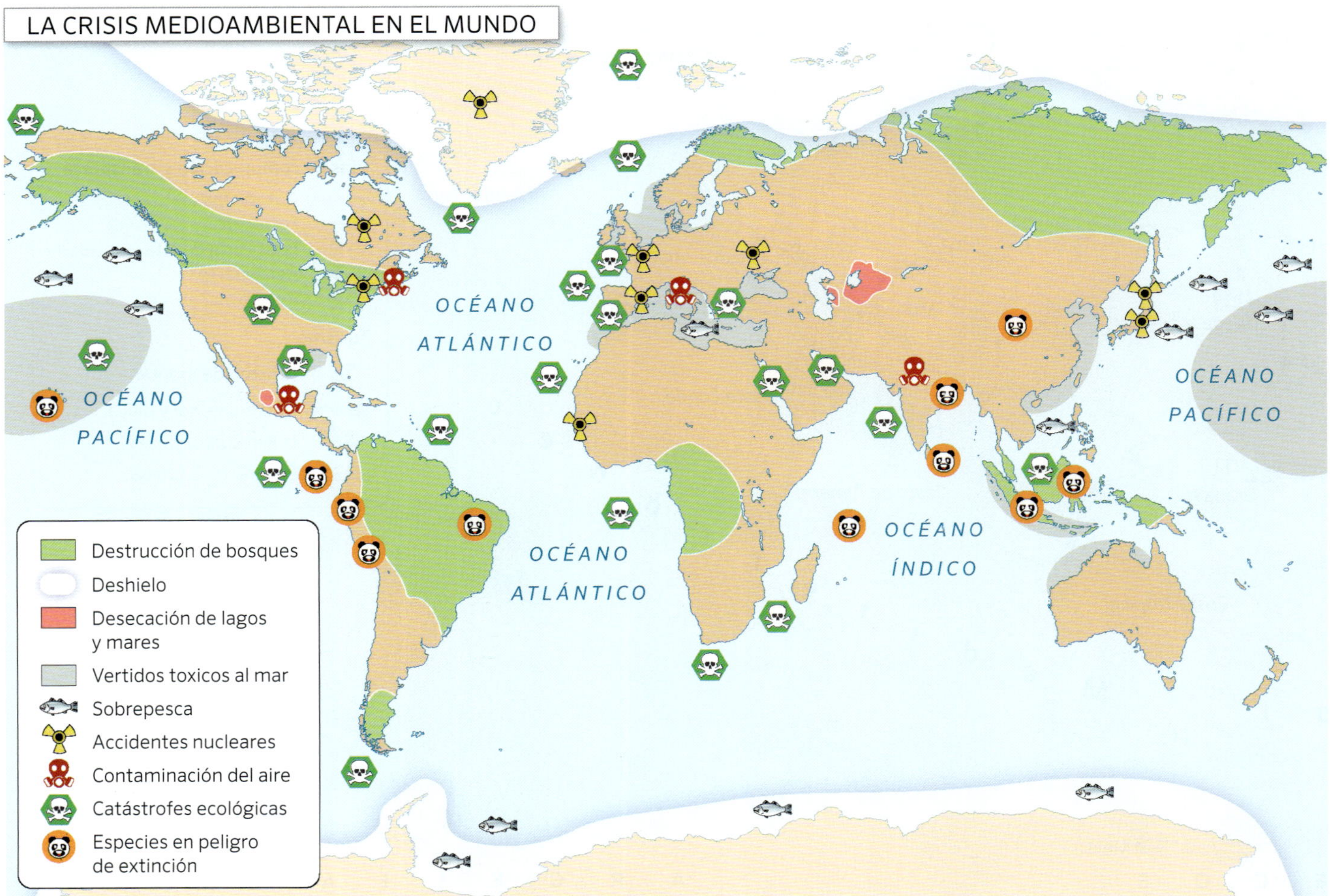

EL SUBDESARROLLO

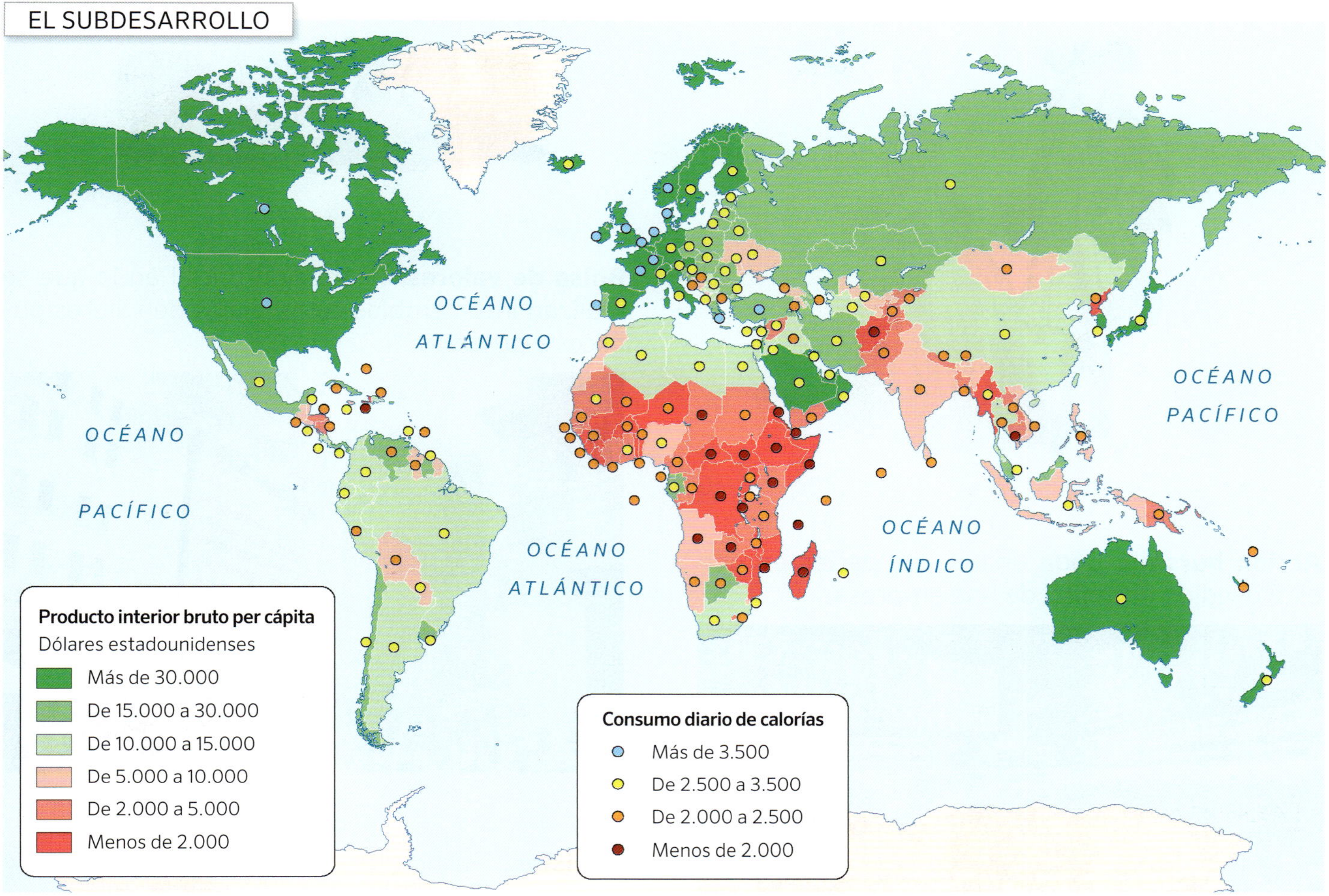

Actividades

1. Observa el mapa de la crisis medioambiental.
   - a) ¿En qué continentes hay más especies amenazadas?
   - b) ¿Qué mar u océano está más contaminado? ¿A qué crees que se debe?

2. El deshielo avanza rápidamente en los polos. Investiga el problema y prepara una redacción:
   - a) ¿Afecta ese deshielo a Europa? ¿Qué consecuencias tiene?
   - b) ¿Cómo afecta a las especies que habitan en los Polos?

3. Observa el mapa del subdesarrollo.
   - a) ¿Qué continentes ingresan más dólares por persona?
   - b) ¿En qué continentes hay más pobreza?

4. Indica cinco países del mundo donde el consumo diario de calorías por persona sea menor de 2.000. ¿Qué significa eso?

5. Anota lo que comes en un día. ¿Crees que comes lo suficiente? ¿Sigues una dieta sana?

Vocabulario

Absolutismo. Sistema de gobierno en el que el rey ostenta todo el poder del Estado sin limitación.

Acción bursátil. Cada una de las partes en que está dividido el capital de una empresa.

Administración pública. Conjunto de organizaciones y empresas públicas que gestionan y organizan las acciones y las funciones de un Estado, una comunidad autónoma, una diputación provincial, un ayuntamiento, etc.

Ahorro. Parte del dinero que se posee y que no se gasta.

Bienes. Propiedades materiales o inmateriales que tiene una persona, una empresa, etc.

Bolsa de valores. Institución oficial en la que se realizan intercambios comerciales de valores públicos y privados.

Carlistas. Partidarios del carlismo. El carlismo es una doctrina política que surgió en 1833 para defender las aspiraciones al trono de D. Carlos, el hermano de Fernando VII.

Clase social. Grupo de individuos que tienen rasgos en común desde un punto de vista económico y social.

Comunismo. Sistema político, social y económico basado en la propiedad colectiva y en la planificación de la economía por parte del Estado.

Constitución. Ley fundamental y suprema de un Estado a la que se deben sujetar todas las demás leyes.

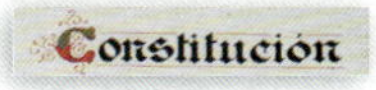

Coste. Gasto que se realiza para la obtención de un bien o un servicio.

Cuenca hidrográfica. Es el territorio ocupado por un río y sus afluentes.

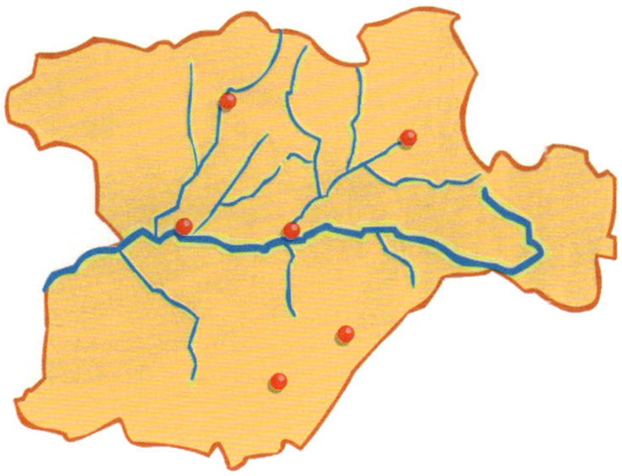

Demanda. Conjunto de bienes y servicios que pueden ser adquiridos en el mercado por los consumidores.

Demografía. Ciencia cuya finalidad es estudiar a las distintas poblaciones humanas, analizando su volumen, estructura, evolución y características en un momento o período histórico concreto.

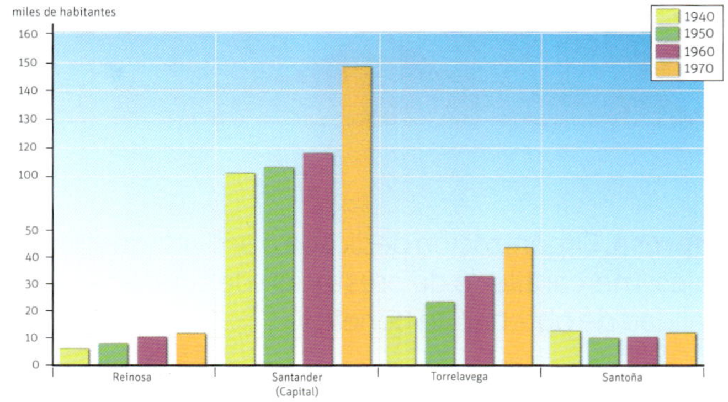

Deslocalización. Traslado del centro de trabajo, fábrica u oficina de una empresa desde un país desarrollado a otro en vías de desarrollo, donde los costes son más baratos.

Deuda. Obligación que tienen una persona o un Estado de pagar o devolver el dinero que deben.

Dorsal oceánica. Elevación submarina situada en la parte central de los océanos.

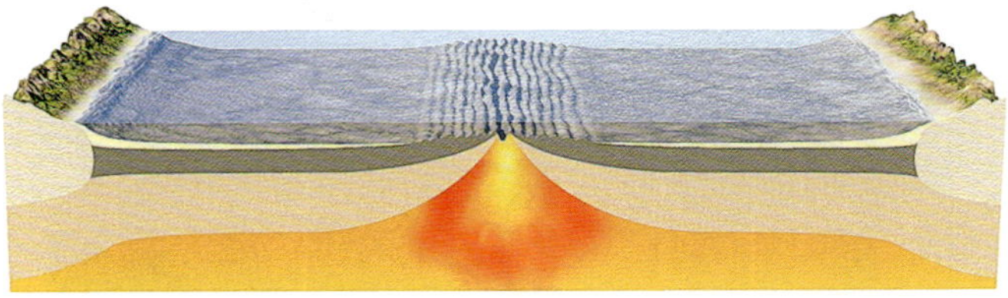

Empresa. Organización dedicada a actividades industriales, mercantiles o de prestación de servicios con la finalidad de obtener un beneficio.

Estado de bienestar. Tipo de modelo político, social y económico según el cual el Estado es el encargado de prestar determinados servicios (educación, sanidad, justicia) con el fin de satisfacer las necesidades básicas de los habitantes de un país.

Estuario. Desembocadura de un río donde el lecho fluvial se hace más ancho. Debido al ancho y a las mareas, el agua salada y el agua dulce se mezclan.

Euro. Moneda oficial en los países de la denominada eurozona, formada por 19 de los 28 Estados miembros de la Unión Europea.

Éxodo rural. Emigración masiva de las personas desde el campo a la ciudad.

Fascismo. Ideología y movimiento político de tipo nacionalista y totalitario, implantados desde 1922 en Italia por Benito Mussolini.

Fiduciario. Dinero que representa un valor que en realidad no tiene y que establece el Estado.

Fiordo. Golfo formado por el empuje de un glaciar que da lugar a un acceso de agua estrecho emplazado entre montañas de laderas abruptas.

Gasto. Dinero que una persona o una empresa deben pagar para disfrutar de un artículo o de un servicio.

Guerra civil. Enfrentamiento bélico donde los participantes son de un mismo país. En el caso de España, la Guerra Civil tuvo lugar entre los años 1936-1939.

Imperialismo. Doctrina según la cual las potencias económicas intentan extender su dominio sobre otros países o Estados por medio de la fuerza o a través del dominio económico y político.

Industrialización. Proceso por el que un Estado pasa de una economía basada en la agricultura a una economía fundamentada en el desarrollo industrial.

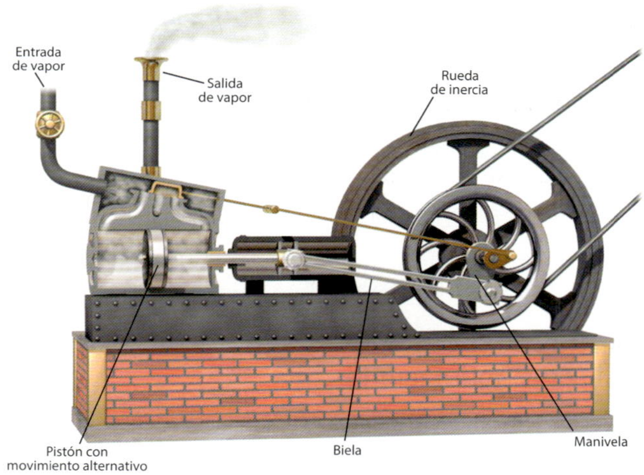

Inflación. Aumento generalizado y sostenido de los precios durante un período de tiempo, generalmente un año.

Interés. Beneficio obtenido al invertir o prestar el capital que posee una persona. También es la cantidad de dinero que paga otra persona a quien le presta dinero. Se expresa como un porcentaje.

Liberal. En el siglo XIX, quien defendía la libertad frente al absolutismo. Hoy, quien defiende la libertad individual, la propiedad privada y la economía de mercado.

Litoral. Franja de tierra que está al lado del mar.

Llanuras. Grandes extensiones de tierra plana o con ligeras ondulaciones.

Mecanización. Acto por el que se incorpora maquinaria variada a las tareas realizadas en cualquier actividad económica para aumentar la producción.

Mensaje publicitario. Información de diverso tipo que se transmite para hacer llegar a la sociedad la existencia y necesidad de adquirir un producto.

Mesetas. Extensiones de terrenos llanos y a una cierta altitud sobre el nivel del mar.

Multinacional. Empresa o sociedad que desarrolla su actividad en varios países.

Obrero. Trabajador del sector secundario que trabaja en una industria o en la construcción y recibe un salario por parte de una empresa o de un propietario.

Oferta. Conjunto de bienes o servicios que los productores ofrecen al mercado.

Planicie. Extensión grande de terreno que tiene el mismo nivel de altitud en todas sus partes.

Pyme. Término que surge de la unión de las iniciales "pequeña y mediana empresa". Se trata de organizaciones con menos de 250 trabajadores.

Recursos naturales. Conjunto de bienes proporcionados por la naturaleza sin que hayan sido modificados por el ser humano. Los principales recursos naturales son las rocas, el relieve, el suelo, la luz, el aire, el agua, la vegetación y la fauna.

Regadío. Tierra destinada al cultivo de alimentos que, además del agua de lluvia, recibe aporte de agua a partir del riego artificial.

Régimen de un río. Es la variación del caudal de un río a lo largo de un año.

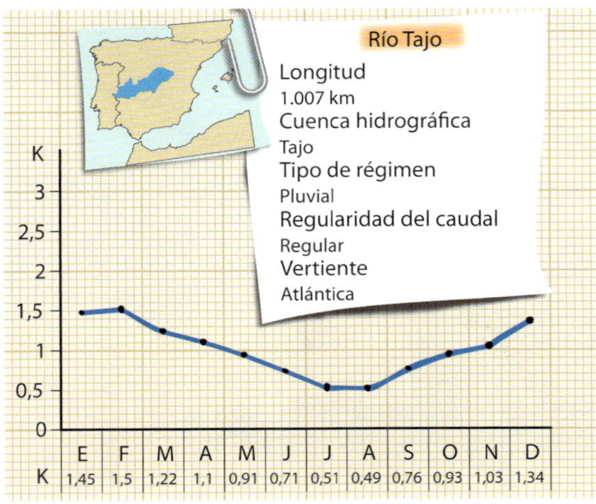

República. Sistema de gobierno en el que el poder reside en el pueblo, siendo el jefe del Estado un presidente elegido democráticamente.

Revolución. Cambio rápido, profundo y en ocasiones violento en las instituciones políticas, económicas o sociales en un país.

Secano. Tierra destinada al cultivo de alimentos que no tiene riego y solo recibe el agua de lluvia.

Sector primario. Conjunto de actividades que permiten obtener alimentos, materiales y materias primas directamente de los recursos naturales.

Sector secundario. Grupo de actividades económicas dedicado a la transformación de la materia prima en productos de consumo o en bienes que serán utilizados en otros ámbitos del sector secundario.

Sector terciario. Grupo de actividades económicas relacionadas con los servicios materiales que no producen bienes.

Sistemas montañosos. Conjunto de elevaciones (montañas) de un territorio.

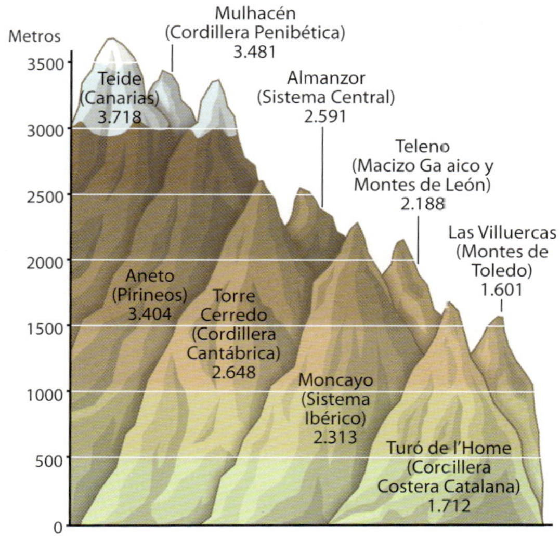

Sociedad de bienestar. Tipo de organ zación social que garantiza un servicio público de calidad en sectores como la educación, la sanidad, los servicios sociales, los transportes públicos, etc. El acceso a los servicios públicos es generalizado y universal.

Sociedad empresarial. Asociación de empresarios, personas de negocios, comerciantes c accionistas de alguna compañía.

Soporte publicitario. Canal de comunicación en el que una empresa publica sus anuncios para que sus productos sean conocidos por la sociedad.

Subducción. Es el proceso de hundimiento de una placa de la litosfera bajo otra placa.

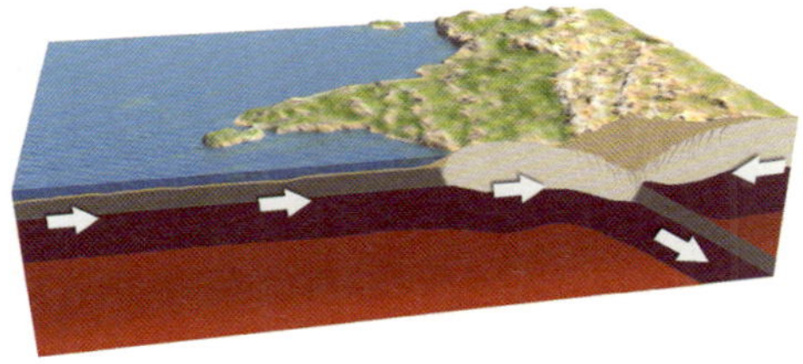

Sufragio. Derecho político por el que se eligen las personas que ocuparán cargos públicos.

Sufragio universal. Derecho a voto que poseen los ciudadanos mayores de edad de un territorio, al margen de la etnia, el sexo, las creencias o la condición social de esos ciudadanos.

Vertiente hidrográfica. Es el conjunto de los ríos, con sus afluentes, que desembocan en un mismo mar.

El **Atlas: mi mundo, mi país, mi comunidad (Extremadura)** de **Ciencias Sociales 6.º de Primaria** forma parte del Proyecto Editorial de Educación Primaria de SM. En su realización ha participado el siguiente equipo:

Autoría: Equipo de Ediciones SM

Edición:
Vanesa Blanco Alonso, José Luis Domínguez López, Miguel García del Río, Jaime Muñoz Casillas

Ilustración: ARCHIVO SM, Félix Moreno Arrastio, Antonio Muñoz Tenllado, Edgar Sicilia Calvo, José Luis Navarro García, El Bello Quebrado / Pelorroto, Fran, Jesús Aguado Gutierrez, Ariel Alejandro Gómez

Cartografía: Glezbros

Fotografía: Javier Calbet, Matías Costa Marchisio / ARCHIVO SM; Olimpia Torres; D. Furon / PHOTONICA; FOTOTECA 9x12; THINKSTOCK; iStock; AGE FOTOSTOCK COMSTOCK IMAGES, Andy Sotiriou / GETTY IMAGES; EFE; ORONOZ; PRISMA; CORBIS; PHOVOIR; MUSEO DE AMERICA; PHOTOLINK; INGIMAGE; THINKSTOCK; 123RF; SHUTTERSTOCK; Archivo Municipal de Toledo; ILLUSTRATED LONDON NEWS; ALBUM

Edición gráfica: Sergio Cuesta

Diseño de cubierta e interiores: Estudio SM

Responsable del proyecto: Vanesa Blanco Alonso

Coordinación editorial de Humanidades: Javier Rambaud Cabello

Coordinación editorial de Primaria: Nuria Corredera Arana, Nuria Vallina Fernández-Montes

Dirección de Arte del proyecto: Mario Dequel Losa

Dirección editorial: Aída Moya Librero

Todas las actividades contenidas en este libro han de ser realizadas en un cuaderno aparte, nunca en el propio libro.
Los espacios incluidos son meramente indicativos y su finalidad es puramente didáctica.

ISBN. 978-84-675-7578-1
Depósito legal: M-02191-2015
Impreso en la UE / *Printed in EU*